Für all jene, die lieben.

»I love thee with a love that shall not die, till the sun grows cold and the stars grow old.«

- William Shakespeare

Prolog

15. Mai 2019

Liebe Mama,

vor einem halben Jahr habe ich ein Buch gelesen, in dem stand, dass die Liebe alles besiegt. Dass die Liebe erreichen kann, was sonst im Verborgenen bleibt und dass sie eine neue Welt erschafft, die zuvor im Dunkeln lag. Noch vor einem Jahr habe ich es nicht geglaubt und die Worte abgetan. Worte, die Menschen berühren sollen, aber keine Wahrheit in sich tragen.

Doch ich lag falsch.

Ich würde gern der Autorin schreiben und sagen, dass sie nicht ganz richtig liegt. Dass mit der Liebe nicht nur eine neue Welt kommt, sondern auch Galaxien verschwinden. Galaxien des Schmerzes und der Pein. Galaxien, die zuvor den Weltraum beherrschten. Es bleibt nur dieses eine Gefühl, das den Menschen nie verlässt. Das Gefühl, geliebt zu werden. Geliebt und verstanden zu werden in einer Welt, die eigentlich keine Liebe zu geben hat. Eine Welt, die sich trotz allem weiterdreht, denn es geht nicht darum, zu überleben. Es geht darum, zu leben.

Alles Liebe,

Alice.

Kapitel 1

Ich lief gehetzt durch die weißen Korridore, die mir mit jedem Schritt endloser erschienen. Meine Turnschuhe quietschten auf dem billigen Bodenmaterial und mein Atem ging keuchend wie der eines untrainierten Sportlers, der sich zum ersten Mal auf den Trainingsplatz traute. Die Zimmernummern schienen an mir vorbeizuziehen und fast wäre ich an der Nummer vorbeigelaufen, die mich in dieses Krankenhaus verschlagen hatte. *B36*. Ich kam mit einem unangenehmen Ruck zum Stehen und versuchte, meine Atmung zu verlangsamen.

Sie wartete sicherlich schon auf mich, doch ich konnte nicht hineingehen, während ich noch schnaufte wie ein Esel. Meine Atmung brauchte nicht lange, um sich zu beruhigen, und ich nahm einen letzten Zug an Sauerstoff, ehe ich an die Tür klopfte.

»Herein«, kam es sachte von innen und ich drückte die schwere Tür auf.

Der Anblick war derselbe wie die letzten Monate und trotzdem zuckte ich immer wieder aufs Neue zusammen. Ich würde mich nie daran gewöhnen, meine Mutter so zu sehen. Die Frau, die mich großgezogen hatte, lag auf einer weißen Liege und das während eine durchsichtige Flüssigkeit in ihre Venen gepumpt wurde. Wüsste man nichts davon, könnte man das liquide Mittel für wohltuendes Wasser oder eine Kochsalzlösung halten, doch sie war alles andere als harmlos. Was dort in meine Mutter gepumpt wurde, war ein Mittel für die Chemotherapie.

Auch wenn sie diese erst vor drei Wochen begonnen hatte, hatte die Therapie schon Spuren in ihrem Körper hinterlassen. Ihre Haare waren dünner geworden und ihr Gesicht sah aus, als hätten sich die wenigen Falten, die sie schon zuvor gehabt hatte, in ihre Züge gemeißelt.

Dennoch formte sie mit ihrem dünnen Mund ein Lächeln, als ich eintrat. »Alice«, brachte sie etwas schwach über die Lippen und innerlich schüttelte es mich. Ich hasste es, meine starke Mutter so zu sehen. Schwach und abgekämpft.

Trotzdem versuchte auch ich mich an einem Lächeln und ging auf sie zu. Sofort streckte sie den Arm aus, der nicht am Tropf hing, und ergriff meine Hand. Ihre war eiskalt.

»Wie war dein Tag?«, fragte sie und ich kam neben ihrem Kopf zum Stehen, der etwas erhöht auf der Trage lag. Schon allein den Kopf zu heben bei einer solchen Behandlung war mit Schmerzen verbunden und wie gewohnt schaute ich zu ihr hinab, damit sie sich nicht bewegen musste. Ihre Frage war dieselbe wie jeden Tag und doch fragte ich mich immer wieder, wie selbstlos ein Mensch sein konnte. Ein Mensch, der vom Krebs zerfressen wurde. Die Welt war nicht fair.

»Ganz gut«, antwortete ich endlich auf ihre Frage und ihr Lächeln wurde um Millimeter breiter. Die letzten Tropfen der Lösung rannen hinab und ich spürte, wie erleichtert meine Mutter war, dass es für heute vorbei war. Wir blieben noch eine Weile still im Raum, dann drückte meine Mutter auf den kleinen Knopf, der an ihrem provisorischen Bett befestigt war und die Schwester ins Zimmer rief. Erst diese, die fünf Minuten später zu uns in den Raum kam, durchbrach die Stille: »Frau Heights«, sprach sie und machte sich daran, die Nadel aus dem Arm meiner Mutter zu ziehen, »wie geht es Ihnen? Gab es Besonderheiten bei der Behandlung?« Wie immer verneinte meine Mutter und die Schwester lächelte uns an, bevor sie uns entließ. Ebenso wie immer war meine Mutter etwas wackelig auf den Beinen und ich stützte sie auf dem Weg hinaus und durch die Gänge, die ich zuvor entlanggerannt war.

»Hast du Hunger?«, fragte ich, weil ich wusste, dass sie nach der Behandlung immer schwach war. Viel behielt sie zwar nicht bei sich, aber ich versuchte es jeden Tag aufs Neue. »Danke, nein, Darling.«

Ich liebte den Kosenamen, mit dem sie mich trotz meiner zweiundzwanzig Jahre noch ansprach und mir das Gefühl gab, ich musste nur die Augen schließen und ich war wieder fünf. Als wäre ich plötzlich wieder so jung, dass ich mich noch um nichts sorgen musste, als hätte man mir diesen Teil vom Gehirn abgeschnürt und nur die Lebensfreude übrig gelassen.

Langsam brachten wir Meter um Meter hinter uns bis zu meinem Auto und ich half ihr, einzusteigen. Mein kleiner weißer Corsa war zwar kein Edel-Auto, aber ich liebte ihn heiß und innig. Er machte mich mobil und brachte mich - meist ohne Mucken zu machen - an jeden Ort.

Schnell stieg ich ein und startete den Wagen. Das Krankenhaus lag nicht zu weit von unserem Haus entfernt und doch brauchte man meist eine halbe Stunde, um durch die Staus in der Stadt zu kommen. Aber die S-Bahn oder der Bus kamen nicht infrage. Das wäre zu viel für meine Mutter.

»Weißt du, wann dein Vater heute nach Hause kommt?«, fragte sie und riss mich so aus meinen Gedanken. Wie so oft hatte ich den ganzen Tag nichts von ihm gehört, deshalb nahm ich an, dass er nach Hause kam wie immer. Spät.

»Ich denke, so gegen acht«, meinte ich und setzte den Blinker, um an der nächsten Kreuzung abzubiegen. Meine Mutter antwortete nicht und ich wusste, wo ihre Gedanken waren. Als sie uns – meinem Vater, meiner Schwester, Zoe, und mir – gesagt hatte, dass der Arzt Krebs in ihrem Brustgewebe gefunden hatte, waren wir alle zu Eis erstarrt und seitdem nicht wieder erwacht. Während ich umso mehr Zeit mit meiner Mutter verbringen wollte, stürzte sich mein Vater in die Arbeit und Zoe verbrachte die meiste Zeit bei ihrem Freund. Ich konnte das nicht. Ich wollte meine Mutter keine Minute allein lassen, weil ich immer Angst hatte, es könnte ihr letzter Tag sein. Auch wenn ich wusste, dass dies kein positives Denken war, konnte ich diese Denkweise nicht abschütteln. Dafür liebte ich sie zu sehr.

Noch ein paar Minuten krochen wir im Schneckentempo durch die Stadt, ehe wir unsere Wohnung erreichten. Meine Eltern waren nicht reich und jetzt, da meine Mutter nicht mehr arbeiten konnte, war es so eng wie noch nie, aber immerhin brachten meine Schwester und ich auch Geld nach Hause und konnten die Lage etwas entspannen.

Ich fuhr in die große Garage unseres Gebäudekomplexes und bog auf den Parkplatz, der mit dem Schild *Heights* versehen war. Dann drehte ich dem Motor den Saft ab und zog den Schlüssel aus dem Schloss. Schnell lief ich um das Auto herum, um meiner Mutter aufzuhelfen und zu verhindern, dass sie es aus eigener Kraft versuchte. Sie war eine starke Frau, doch manchmal übertrieb sie es.

Langsam liefen wir zum Aufzug, der zum Glück schon von der Garage aus fuhr, und drückten auf die große 3 am Auswahlfeld.

Ich liebte unsere Wohnung, auch wenn sie klein war und nicht in einem schönen Haus lag. Unsere Wohnung war mein Safe Haven. Obwohl sich mein Vater und meine Schwester gerade nicht so benahmen, wie ich es gerne hätte, waren wir eine Familie. Eine Familie, die zwar kaum sprach, aber wenigstens noch intakt war ... Noch ...

»Könntest du mir ein Glas Wasser bringen, bitte?«, fragte meine Mutter, nachdem ich die Wohnungstür aufgeschlossen hatte. Langsam machte sie sich auf den Weg ins Wohnzimmer zu unserer bequemen Couch und ich konnte ihren Körper von der Anstrengung ächzen hören. Ich lief sofort in die Küche, füllte ein Glas mit Leitungswasser und brachte es meiner Mutter an das Sofa.

»Danke, Darling«, wisperte sie und allein für den Anflug des Lächelns auf ihrem Gesicht hätte ich den Mount Everest bestiegen.

»Willst du fernsehen?«, fragte ich und hielt ihr die Fernbedienung hin. Sie rümpfte kurz die Nase, nahm dann aber doch das kleine Gerät an sich. Meine Mutter hasste das

Fernsehprogramm, das den Tag über lief und doch schaute sie die Sendungen auf den Privatsendern häufig. Ihr blieb nicht viel, wenn sie nicht vor Langeweile sterben wollte. Bei der Formulierung in meinem eigenen Kopf zuckte ich zusammen und hätte mir am liebsten selbst eine verpasst. Nein, sie starb nicht. Sie war eine Kämpferin.

Während meine Mutter versuchte, sich im Fernsehprogramm zu verlieren, ging ich in die Küche und kochte ihr Lieblingsessen: Mozzarellanudeln mit Tomaten. Meine Schwester fand zwar, dass Mozzarella nach nichts schmeckte, aber meine Mutter liebte ihn. Die Nudeln kochten gerade im heißen Wasser, als ich mein Handy aus der Hosentasche zog.

Hey! Wo bleibst du?

Ich schickte die Nachricht an meine Schwester und beschloss dieselbe auch an meinen Vater zu schicken. Mein Blick fiel durchs Fenster, aber ich sah nicht viel, was auf die Jahreszeit hindeutete, die das Land seit Monaten in seinem Griff hatte. Es war Januar und doch ahnte man davon auf den Straßen nichts. Es lag kein Schnee, kein Eis. Es war, als könnte sich die Welt nicht entscheiden, was eigentlich geschehen sollte. Sonderlich kalt war es nicht und es fühlte sich fast merkwürdig an, so merkwürdig, dass selbst die Meteorologen im Fernsehen keine passenden Worte dafür fanden.

Ich schaute durch das kleine Küchenfenster und sah, wie sich die Sonne langsam ihren Weg komplett aus meinem Sichtfeld bahnte und damit dem Mond Platz machte. Es war zwar erst 17:30 Uhr, doch im Winter kam es mir eh immer vor, als hätte die Dunkelheit die Übermacht über die Welt. Wie Thanos in den Avengers – zumindest für eine Weile.

Ich schüttete die Nudeln ab und brachte sie in einer Pfanne dazu, mit dem Mozzarellakäse und den Tomaten zu verschmelzen. Ein kleiner Piepton riss mich aus dem gewohnten Tun und ich schaute auf mein Handy, das ich zuvor neben dem Waschbecken abgelegt hatte.

Sorry, Sis. Bleibe bei Robin.

Ich hätte schnauben können, doch ich ließ es bleiben. Ich hätte auch eine doofe Nachricht zurückschreiben können, doch das hätte Zoe nicht beeindruckt.

Ein Arzt hatte mir mal gesagt, dass jeder Mensch nicht nur mit Trauer, sondern auch mit Schock anders umging, doch es fiel mir schwer, das zu begreifen. *Mama kann bald nicht mehr da sein und sie verbringt die ganze Zeit bei ihrem Freund?* Bevor ich das Handy wieder ablegen konnte, traf eine weitere Nachricht ein.

Hallo Alice! Ich habe leider bis 22 Uhr Schicht; ich musste ein paar Stunden eines Kollegen übernehmen. Esst ohne mich!

Obwohl ich wusste, dass mein Vater nicht

log, taten seine Worte so weh, als hätte er sie mir ins Gesicht geschrien. Denn wenn er ehrlich war, war er froh, dass er Schichten von Kollegen übernehmen konnte und das nicht nur, weil wir dann mehr Geld zur Verfügung hatten. Er konnte mit der Krankheit seiner Frau nicht umgehen. Wie konnte man das auch, wenn die Frau gegen Krebs kämpfte? Ich hatte Verständnis für ihn, doch ich konnte es dennoch nicht wirklich verstehen. Aber etwas daran ändern konnte ich auch nicht. Ich konnte ihn ja wohl kaum zwingen, bei meiner Mutter zu sein.

Verärgert drehte ich den Herd aus und hob die schwere Pfanne an, um sie ins Wohnzimmer zu tragen. Meine Mutter und ich liebten es, vor dem Fernseher zu essen anstatt am Küchentisch, und auch jetzt breitete sich bei solch gewöhnlichen Dingen ein warmes Gefühl in meiner Magengegend aus. Es war, als hätte sich nie etwas verändert. Als säßen Mutter und Tochter vor dem Fernseher und aßen – nichts weiter.

Ich holte zwei Teller und Besteck aus der Küche, mir noch ein Glas Cola. Dann füllte ich unsere Teller und reichte einen meiner Mutter. Sie drücke sich von der Lehne ab, obwohl ich wusste, wie viel Kraft es sie kostete, um ihn entgegenzunehmen. »Danke, Darling«

Sie hatte noch nicht nach ihrer älteren Tochter oder nach ihrem Mann gefragt, geschweige denn, ob sie sich überhaupt gemeldet hatten. Sie wusste, dass ich es ihr sagen würde, wenn ich gute Neuigkeiten hätte.

Im Fernsehen liefen die Nachrichten und danach kam eine Kochsendung, die wir beide gern schauten. Den Abend verbrachten wir mit ihrem Lieblingsessen und dieser Sendung und für nichts in der Welt hätte ich mich weggewünscht. Ich konnte mir ein Leben ohne meine Mutter nicht vorstellen. Es war, als wäre sie die Schraube, die mein Leben zusammenhielt.

Von der Seite warf ich ihr immer wieder Blicke zu, wie sie mehr im Essen

Kapitel 2

Der Wecker riss mich aus einem unruhigen Schlaf. Ich hatte den Weckton auf eine quakende Ente eingestellt und der Tierlaut schrillte durch mein kleines Zimmer. Fast hätte ich in dem dimmen Licht meines Smartphones die Posterversion von Demi Lovato bei diesem unmelodischen Ton zucken sehen, doch ich machte mich schnell daran, mein Handy vom Schreibtisch zu nehmen und auf STOPP zu drücken. Bevor ich mir die Augen reiben konnte, fiel mein Blick auf einen verpassten Anruf meiner Schwester und eine Nachricht, die ich sofort öffnete:

Hi, Sis! Sorry, ich kann Mama heute nicht in die Klinik bringen. Kannst du?

Auch wenn ich meine Brille noch nicht trug, konnte ich jedes Wort lesen und am liebsten hätte ich auf den Schreibtisch eingeschlagen, obwohl ich kein wütender Mensch war. Zoe wusste, dass ich heute um sieben mit der Arbeit beginnen musste und meine Mutter erst gegen zwölf Uhr überhaupt ihre Infusion bekam. Ich wollte nicht, dass meine kranke Mutter so lange im Krankenhaus warten musste. Aber ich konnte nicht schon wieder meinen Chef anrufen und ihm sagen, dass ich nicht kommen würde; ich war mir sicher, dass er nur auf eine Möglichkeit wartete, mich für immer nach Hause zu schicken. Meine letzte Hoffnung war, dass wenigstens mein Vater da war und ich ihn bitten konnte, sie zum Krankenhaus zu bringen.

Schnell suchte ich ein T-Shirt, eine Strickjacke und eine Jeans aus dem Schrank und ging ins Bad. Früher hatte ich viel Zeit vor dem Spiegel verbracht, um möglichst gut auszusehen, doch im Moment war es mir vollkommen egal. Ich war noch nie die Hübscheste gewesen, doch jetzt fühlte ich mich wie die hässlichste Frau in der ganzen Stadt. Ich trug keine Schminke auf und benutzte nicht einmal täglich ein Peeling. Mir war nur wichtig, dass ich sauber war, der Rest war mir egal. Meine blau-grauen Augen lagen in einem unscheinbaren Gesicht und die dunkelblonden Haare hingen leicht wellig von meinem Kopf hinab auf die Schultern. Mein Pony war mir früher immer störend erschienen, doch mittlerweile mochte ich es, da es perfekt mit meiner Brille abschloss. Mein Körper war unscheinbar, doch ich hatte nicht vor, irgendetwas an ihm zu verändern. Ich wusste jetzt, dass es Schlimmeres gab, als nicht perfekt auszusehen und hätte fast wieder beim Gedanken an meine Mutter gezuckt.

Die Uhr zeigte halb sechs und doch fühlte ich mich, als wäre ich mitten in der Nacht aufgestanden. Dieses Gefühl verschwand beim Gedanken an die heiße Dusche, die mich erwartete. Hastig schlüpfte ich aus dem Schlafshirt und ließ das heiße Wasser aus dem Duschkopf auf meine Haut prasseln. Es fühlte sich befreiend an und ich schloss für ein paar Momente die Augen und träumte von einer Welt, in der es so viel schöner war als hier. In der Realität, die mir jeden Tag einen Schlag verpasste.

Nach der Dusche, die mir viel zu kurz vorkam, trocknete ich mich ab, zog mich an und band meine Haare zu einem Pferdeschwanz. Geschwind lief ich in die Küche und war überrascht, meine Mutter am Tisch sitzen zu sehen. »Guten Morgen, warum bist du denn schon wach?«, fragte ich und lief zur Kaffeemaschine, um mir eine Tasse des braunen Gebräus zu holen. Ich mochte Kaffee, am liebsten mit viel Sahne, von der ich wusste, dass wir sie nicht im Haus hatten.

Meine Mutter hielt ihre Tasse heiße Schokolade in den Händen und schob sie leicht zitternd über den Holztisch und wieder zurück, als sie sprach: »Sam hat mir geschrieben und gesagt, dass er in der Firma geschlafen hat und Zoe hat mich vorhin angeschrieben, dass sie mich nicht ins Krankenhaus bringen kann. Ich weiß, dass ich dann mit dir gehe.«

Für einen Moment hielt ich inne und dachte an die Worte zurück, die ich noch letzte Nacht gedacht hatte. *... wir waren eine Familie.* Einen Scheiß waren wir! In diesem Moment fühlte ich mich so allein, dass ich am liebsten in Tränen ausgebrochen wäre. Natürlich kümmerte ich mich gern um meine Mutter, aber die Last, die mein Vater und meine Schwester auf meinen Schultern abluden, war einfach zu viel. Ich fühlte mich, als müsste ich mit meiner Mutter allein gegen das Monster kämpfen und das alles nur mit einem winzigen Schwert in der Hand. Nein, so durfte ich nicht denken. Wir würden stärker sein als der Krebs.

Erst jetzt antwortete ich meiner Mutter: »Nein, ich rufe bei der Arbeit an und sage, dass ich später komme. Ich will nicht, dass du so lange im Krankenhaus wartest.« Ich wusste, wie sehr sie Hospitale hasste – genauso wie ich – und ich wollte nicht, dass sie auch nur eine Sekunde länger dort war als nötig.

Ich kippte etwas Milch in die Tasse und setzte mich meiner Mutter gegenüber, die leicht den Kopf schüttelte: »Nein, fahr mich hin, sodass du pünktlich zur Arbeit kommst. Ich nehme einfach ein Buch mit, dann passt das schon.« Meine Mutter las seit einiger Zeit so gut wie gar nicht mehr, da es einfach zu anstrengend war, doch ich sagte nichts. Ich rührte in meiner Tasse herum und entschied mich dann doch, zu widersprechen: »Aber du würdest mindestens fünf Stunden warten.«

Sie winkte ab und nahm einen Schluck ihres zuckrigen Getränks, das sie zum Glück trotz der Chemo trank. Seit drei Wochen sah sie ihre zweite Tochter und ihren Mann kaum - wenn man davon absah, dass Zoe sie in der Regel morgens am Krankenhaus ablieferte - und ich konnte mir nur ausmalen, wie sie sich fühlte.

Ich setzte meine Tasse an die Lippen und schluckte. Das warme Getränk fühlte sich fast so gut an wie das heiße Wasser zuvor auf meinem Körper, auch wenn die Sahne mir mehr fehlte, als ich gedacht hätte. Manchmal brauchte ich Wärme und cremige Sahne, um mich überhaupt noch lebendig zu fühlen.

Meine Mutter und ich saßen ein paar Minuten schweigend am Tisch, bis ich meine Sachen packte und sie ihre Jacke. Wir fuhren mit dem Aufzug in die Garage, stiegen in den Wagen und nur Minuten später setzte ich sie am Krankenhaus ab.

»Wenn etwas ist, ruf mich an, okay?«, bat ich, als wäre ich ihre Mutter und nicht sie die meine. »Danke, Darling«, sagte sie – wie so oft - und lächelte mich schwach an. Ich hätte sie so gern nach drinnen begleitet, doch die Uhr im Armaturenbrett hetzte mich. Ich hatte nur noch zwanzig Minuten, bis ich am Arbeitsplatz erscheinen musste.

Ich schaute meiner Mutter zu, wie sie langsam aus dem Wagen stieg und ebenso vorsichtig auf den Eingang zuging. Schnell musste ich den Blick abwenden, um nicht doch hinter ihr herzulaufen. Seit drei Wochen, fast vier, wusste ich nicht mehr, wer ich wirklich war. Ich war zerfressen von Sorge und hoffte, dass jeder neue Tag mir nicht das Herz zerriss, so selbstsüchtig das klang.

Behutsam drehte ich das Lenkrad und bog wieder in den Straßenverkehr ein, um die zehnminütige Fahrt zum Tierheim hinter mich zu bringen. Und trotzdem – ich fühlte mich, als hätte ich meine Mutter im Stich gelassen. Als wäre ich gegangen, obwohl sie mich so sehr brauchte.

Meine Schwester arbeitete in einer Kanzlei als Sekretärin. In einem Job, in dem sie gern auch spät kommen konnte; Hauptsache, sie erledigte den Aktenkram. Das war nichts für mich. Ich wollte mich um jemanden kümmern, jemandem das Leben schöner machen und wenn ich mich auf Menschen nicht verlassen konnte, dann umso mehr auf Tiere.

Ich stellte das Auto auf meinem gewohnten Parkplatz ab und stürmte hinein in den Mitarbeiterraum, damit ich mich noch vor meinem eigentlichen Arbeitsbeginn als anwesend melden konnte. Ich wollte meinem

Chef nicht noch einen Grund liefern, sauer auf mich zu sein. Als meine Mutter diagnostiziert worden war, hatte ich mir spontan vier Tage frei genommen und er hatte nicht gut darauf reagiert und mir danach eine Predigt gehalten, wie wichtig es war, dass er auf seine Mitarbeiter zählen konnte. Das wusste ich und doch hatte ich die ersten Tage nicht arbeiten können. Ich war wie gelähmt gewesen ...

Schnell schüttelte ich den Gedanken ab und holte das Putzzeug, wie auch die Futtereimer und machte mich daran, die Käfige zu putzen und mich um die Hunde zu kümmern. Meist begann ich bei den Hunden, da sie am ungeduldigsten auf menschliche Nähe und Zuneigung warteten. Es waren nur wenige Mitarbeiter vor mir da und ich konnte in der ruhigen Zeit am Morgen den Hunden etwas Liebe schenken, die jeder einzelne so sehr verdiente. Immer wieder erstaunte es mich, wie freudig sie waren, auch wenn sie von ihrer Familie - wenn man Menschen, die einem Tier so etwas antaten, überhaupt als eine solche bezeichnen konnte - ausgesetzt worden waren. Sie freuten sich jeden Tag auf mich und diese Liebe gab ich ihnen gern zurück. Jeden Tag hoffte ich, der perfekte Mensch für sie würde ins Tierheim kommen, um einem Tier ein schönes Leben zu bieten, doch so einfach war es nicht. Nichts war je so einfach, wie es sich anhörte.

Der Tag verflog schon fast und ich war froh, dass mich die Vierbeiner von meinen Problemen ablenkten. Die Katzen im Katzenhaus hatten eine neue Freianlage bekommen und die letzten Minuten meines Arbeitstages verbrachte ich bei ihnen. Vorher hatten sie lediglich in einem kleinen Raum gehaust, doch jetzt hatten sie frische Luft und einige Spielmöglichkeiten. Ich lächelte, als ich sah, dass sich eine kleine – und ziemlich freche Katze – an einem Wedel aus Federimitaten zu schaffen machte. Dann spürte ich etwas an meinem Fuß und schaute hinab. Eine weiß-rote Katze strich mir um die

Füße, gerade als meine Kollegin Beth hereinkam. Sie war wie eine Freundin für mich, auch wenn ich nicht wirklich gut darin war, Kontakte zu Menschen aufrechtzuerhalten. Beth war in Ordnung und dafür schätzte ich sie.

Ich kam nicht dazu, sie zu grüßen, denn die Worte sprudelten aus ihrem Mund. Und was sie sagte, ließ mein Blut zu Eis gefrieren: »Alice, dein Handy klingelt ununterbrochen. Ich dachte, ich sage es dir. Ich wollte nicht einfach in deinen Sachen rumwühlen.«

Das konnte nur bedeuten … Ich sprang auf und hätte fast die Katze getreten, die noch immer zu meinen Füßen schnurrte. Die Überraschung auf Beths Gesicht war nicht zu übersehen, doch ich achtete nicht auf sie.

Nein! Nein! Nein! Schnell stürmte ich in den Mitarbeiterraum und holte das Handy aus der Tasche. Als ich den Namen meiner Mutter las, vergaß ich für ein paar Momente, zu atmen.

6 verpasste Anrufe, zeigte es mir an und schneller, als mein Kopf es begriff, wählten meine Finger ihre Handynummer. Es klingelte nur einmal, ehe sie abnahm: »Alice?«

Ihre Stimme klang angespannt und doch überkam mich für einen kurzen Moment Erleichterung. Ich sprach mit meiner Mutter. Sie war noch hier. Doch als ich ihren rasselnden Atem am anderen Ende der Leitung hörte, entzündeten sich meine Nervenenden, als stünden sie in Flammen.

»Mama? Was ist los?« Die Frage kam mir kaum über die Lippen und ich presste die Lider aufeinander, als könnten sie alles einfach verschwinden lassen. Als würde die Dunkelheit alle Probleme in sich aufnehmen und mit sich in die Ferne ziehen.

»Alice, bitte reg dich nicht auf, aber ich muss heute Abend noch operiert werden. Sie haben heute einen Routine-Check gemacht und gesehen, dass der Krebs doch streut. Jetzt muss Gewebe in meiner Brust entfernt werden, damit der Tumor nicht noch weiter wächst. Ich hätte dich nur gern … bei mir.«

Mein Herz setzte aus, so fühlte es sich

zumindest an. Eine OP? Aber sie machte doch die Chemo! Schneller als ich es für möglich gehalten hätte, und ohne mich von Beth zu verabschieden, holte ich meine Sachen und hielt meine Mutter so lange am Telefon. Auflegen wollte ich nicht, ich konnte nicht.

Ich hastete zu meinem Auto und fuhr den Wagen wie eine Verrückte durch die Straßen, während ich dem Atem meiner Mutter am Telefon lauschte und versuchte, meinen Kopf vom Denken abzuhalten. Ich wollte mir nicht ausmalen … Konnte mir nicht ausmalen …

Die Reifen meines Corsas quietschten, als ich ihn zum Stehen brachte und rannte, als wäre der Teufel hinter mir her. Der Raum *B36* kam mir fast entgegengeflogen und ich hatte erwartet, meine Schwester oder meinen Vater davor stehen zu sehen, doch der Gang vor dem Zimmer meiner Mutter war leer. *Dann sind sie schon bei ihr,* dachte ich und riss die Tür ohne zu klopfen auf.

»Alice!«, rief meine Mutter voller Dankbarkeit, als hätte sie nicht erwartet, mich tatsächlich zu sehen. Außer ihr war niemand in dem weißen Raum, was mich kurz irritierte, doch ihr Anblick lenkte mich ab. Sie trug ein weißes OP-Hemd, das dafür sorgte, dass sie noch blasser wirkte und ihre Lippen waren fast bläulich. Hätte mir jemand vor Monaten gesagt, dass sie einmal so aussehen würde, wäre ich in Tränen ausgebrochen. Doch jetzt bedeutete jede Farbe, dass sie hier war. Hier und nicht fort.

Ich warf die Arme um sie und fragte leise: »Wo sind Zoe und Papa?« Ich hielt meine Mutter weiter fest im Arm, als würde sie zerbrechen, wenn ich sie losließe.

»Ich habe sie nicht erreicht, aber ich habe ihnen auf die Mailbox gesprochen. Ich bin so froh, dass du hier bist.« Wären die beiden hier gewesen, hätte ich mich nicht mehr beherrschen können und hätte ihnen meine Meinung ins Gesicht gebrüllt, doch der Tonfall, in dem meine Mutter gesprochen hatte, vertrieb alle Wut aus mir und ließ nur eines zurück: Angst. Sie hatte Angst. Es war das erste Mal, dass ich Furcht in ihren Worten hörte. Sie wusste, wie ernst es war, und ich konnte kaum schlucken.

»Mama, was genau haben die Ärzte über die Risiken gesagt?« Ich ließ sie nicht los, schob sie nur ein wenig zurück, damit ich in ihr Gesicht sehen konnte. Sie mied meinen Blick und ihre ebenfalls blau-grauen Augen hatte sie auf den Boden geheftet, während sie sprach, als bereitete ihre jedes Wort physische Schmerzen: »Es besteht ein gewisses Risiko, weil mein Körper geschwächt ist. Falls ich zu schwach bin, kann es sein, dass sie mich für eine Weile ins künstliche Koma versetzen müssen oder dass ...« Sie ließ den Rest des Satzes in der Luft hängen und ich schluckte schwer, obwohl ich eine ähnliche Antwort erwartet hatte. Es war, als verpasste mir jemand einen Schlag in die Magengegend.

»Was heißt das?« Ich verstand die Worte, doch ich konnte sie nicht einordnen. Es war, als würde mein Gehirn sich weigern, die Information am richtigen Ort abzuspeichern.

»Es besteht ein gewisses Risiko, Darling. Aber es wäre ein größeres, mich nicht operieren zu lassen.« Ich nickte wie ferngesteuert. Wirklich reagieren konnte ich nicht.

In den nächsten Minuten besuchte uns ein Anästhesist und erklärte nochmal die Risiken, die dafür sorgten, dass mir Galle im Hals aufstieg. Der letzte Satz des Mediziners traf mich am härtesten. »In einer halben Stunde werden Sie abgeholt, Frau Heights«, sagte er beim Gehen an meine Mutter gewandt und schloss die Tür hinter sich.

Ich habe nur noch eine halbe Stunde mit ihr. Eine halbe Stunde mit meiner Mama.

Ein Handy piepste und meine Mutter zog ihr Huawei-Modell hervor. »Das ist Papa, er holt noch Zoe ab und kommt dann auch hierher. Aber sie werden es wohl nicht mehr schaffen, bevor ich abgeholt werde.«

In diesem Moment konnte ich noch nicht einmal sauer auf die beiden sein. Die Trauer war meiner Mutter anzuhören und ich konnte einfach nicht begreifen, dass sie wohl so traurig war, weil es das letzte Mal sein könnte, dass sie ihre Familie sah. *Nein!,* schalt ich mich sofort. Sie war eine so starke Frau und sie war nicht im Endstadium. Meine Mama würde es schaffen, ganz sicher.

Die Minuten zogen in Sekundenschnelle an uns vorbei und bald waren uns nur noch fünf geblieben. Wir wussten, dass die OP fast vier Stunden dauern konnte und doch wollte ich um jeden Preis direkt vor dem Raum auf sie warten. Meine Mutter fuhr sich durch die Haare und kroch dann unter die Decke des Krankenhausbettes, in dem sie in den OP-Saal geschoben werden würde. Vorsichtig legte sie den Kopf auf dem Kopfkissen ab und ihr Blick fand meinen. »Darling, weißt du noch, als wir zusammen im Park waren und gepicknickt haben?« Natürlich wusste ich es noch. Als ich früher Probleme in der Schule gehabt hatte, hatte sie mich geschnappt und wir waren in einen großen Park gefahren, um allerlei süße Leckereien zu essen und über schöne Dinge zu sprechen. Sie hatte es jedes Mal geschafft, mich abzulenken, und bis heute war ich ihr dafür dankbar.

Ich nickte steif und meine Mutter kniff die Augen für einen Moment zusammen. »Ich will, dass du mich so in Erinnerung behältst, sollte mir etwas passieren, ja? Nicht so.« Sie deutete auf ihren deutlich schlankeren und geschwächten Körper. Ich konnte nicht mehr anders, die Tränen rannen mir die Wangen hinab und ich hätte alles dafür gegeben, meine Mutter mit nach Hause nehmen zu können, damit wir zusammen vor dem Fernseher essen konnten. Der gestrige Abend erschien mir so weit weg. So verdammt weit weg.

Auch in ihren Augenwinkeln sammelte sich Feuchtigkeit und ich wusste, dass sie es ernst meinte. Obwohl mir bewusst war, dass es sie schmerzen konnte, lehnte ich mich vor und schlang die Arme um die Schultern der Frau, die ich so sehr liebte und die sich immer um mich gekümmert hatte. Sie war immer da gewesen und jetzt war ich an der Reihe, für sie da zu sein.

Wir hörten, wie jemand die Tür öffnete und am liebsten hätte ich mich im Rücken meiner Mutter verkrallt, um sie nie wieder loslassen zu müssen.

»Ich liebe dich so sehr, mein Darling«, murmelte sie und die heißen Tränen waren Bäche auf meinen Wangen.

»Ich liebe dich auch«, schluchzte ich zurück, ehe ich mich sanft losmachte und in das Gesicht einer Schwester schaute, der unsere Tränen sichtlich unangenehm waren. »Frau Heights, wir wären bereit.«

Meine Mutter nickte mit der Entschlossenheit im Blick, die ich von ihr kannte und für einen Moment keimte Hoffnung in mir auf. Die Hoffnung, dass alles gut werden würde.

Ein letztes Mal drückte ich ihren Körper an meinen und atmete ihren Duft nach Mandelbutter ein, den ihre Body Lotion mit sich brachte. Dann ließ ich sie los.

»Sag auch Papa und Zoe, dass ich sie lieb habe, ja?« Bei der letzten Silbe brach ihre Stimme und sie wischte sich die Tränen aus den Augen.

»Mache ich, Mama. Ich hab dich so lieb.« Ich wusste, dass ich mich wiederholte, doch es war mir egal. Meine Mutter schaute mir ein letztes Mal in die Augen, Blau-Grau traf auf Blau-Grau. »Ich dich auch so sehr, mein Darling«, wisperte sie und ich fühlte, wie viel Emotion sie in diese Worte legte, doch ich konnte nicht akzeptieren, dass dies unser Abschied war. Sie würde es schaffen, sie musste. Ohne ein Wort zu sagen, schob die Schwester meine Mutter aus dem Raum und ich schaute ihrem Hinterkopf hinterher, den sie ein wenig aufgerichtet hatte. Wahrscheinlich machte sie sich bereit für die OP und ich hoffte, dass sie sich stärker fühlte als ich, wie ich weinend in Zimmer *B36* zusammenbrach.

Kapitel 3

Die OP hatte um 22 Uhr begonnen und mittlerweile war es fast 2 Uhr in der Früh.

Sie muss bald zu Ende sein, Mama muss es bald geschafft haben.

Mein Vater saß mir gegenüber und mit meiner Schwester, die den Kopf auf meine Schulter gelehnt hatte und vor sich hin döste, gaben wir das traurigste Trio der Welt ab. Als die beiden angekommen waren, hatte ich kaum gesprochen und auch jetzt konnte ich die schwere Stille im Gang nicht füllen. Jeder von uns wusste, dass die OP gleich zu Ende sein musste, wenn alles nach Plan verlaufen war. War es das nicht, würde sie länger dauern. Aber daran wollte ich nicht denken. Nicht, solange noch die Chance bestand, dass alles glatt gelaufen war.

Ich konnte nicht nachvollziehen, wie meine Schwester schlafen konnte, während das Leben unserer Mutter auf der Kippe stand. Ich konnte kaum atmen, so sehr hielt mich diese

Tatsache in ihrem Griff. Wie ein Monster, das wusste, dass es nur den Druck um meine Kehle verstärken musste und ich würde verenden wie ein Wassertropfen auf einem heißen Stein.

Mein Vater bewegte das Knie auf und ab und erschuf damit einen ungeduldigen Rhythmus, in den meine Atmung einstimmte. Es war das einzige Geräusch in dem ansonsten stillen Krankenhaus. Früher hatte ich immer gedacht, dass Krankheiten und der Tod vor der Dunkelheit der Nacht keinen Halt machten, aber in diesem Flügel der Klinik schien es so. Als sei für ein paar Stunden die Welt in Ordnung. Doch ich wusste, dass dies nicht die Wahrheit war. Denn wäre sie es, hätte ich meine Mutter hier bei mir.

Mittlerweile war es 02:13 Uhr. Die OP dauerte schon fast eine Viertelstunde zu lange. Ich fühlte mich, als hätte mir jemand den Stecker gezogen und jeder Atemzug war einer zu viel. Die Luft wurde noch eine Spur trockener und schien für uns drei nicht die nötige Menge an Sauerstoff zu liefern. Inzwischen war meine Schwester wieder aufgewacht und rieb sich die Augen. Ihr stand die Müdigkeit ins Gesicht geschrieben, aber jegliche Spur von Sorge suchte ich in ihren Zügen vergebens. Wie konnte Zoe so kalt sein? War sie aus Stein?

Jetzt war es 2:34 Uhr. Als ich den Blick von dem Screen meines Smartphones nahm, sog ich scharf die Luft ein. Eine Schwester trat durch die Tür, hinter der der OP-Saal lag, und ich sprang auf.

»Was ist mit meiner Mutter?«, fragte ich, bevor mein Vater auch nur den Mund öffnen konnte. Die Schwester trat zur Seite, ohne ein Wort zu sagen und ein Arzt lief hinter ihr durch die Tür und auf uns zu. Seine Miene war die eines konzentrierten Chirurgen und ich konnte keine Emotion in seinen Falten lokalisieren, als hätte er sie sich aus dem Gesicht gekratzt.

»Sie sind Familie Heights?«, fragte er überflüssigerweise und am liebsten hätte ich ihn in seine Weichteile getreten, um

Informationen aus ihm herauszupressen.

Er legte die Augen auf meinen Vater. »Es tut mir sehr leid, der Körper Ihrer Frau war zu schwach und sie hat uns in den letzten Minuten der OP verlassen. Wir haben gesehen, dass der Krebs doch schon weiter gestreut hat, als wir erwartet haben und egal, wie sehr wir versuchten, sie am Leben zu erhalten, es ist uns nicht gelungen. Mein herzliches Beileid.«

Für einige Sekunden war es totenstill im Gang, während ich versuchte, die Worte in mein Gehirn sickern zu lassen.

Nein. Nein, das konnte nicht ... Das war einfach nicht möglich.

Der Arzt bewegte sich keinen Millimeter, schaute aber auch niemandem von uns in die Augen. Mit jedem Moment, der verstrich, wurden seine Worte realer.

Ich werde meine Mutter nie wiedersehen.

Diese Erkenntnis ließ mich aus meiner Starre erwachen und Tränen wie Wasserfälle mein Gesicht hinabschießen. »Nein!«, rief ich jetzt, als hätte jemand auf einen Knopf an meinem Körper gedrückt und mich zum Schreien gebracht. Ich hörte auch Zoe neben mir schluchzen, doch ich achtete nicht auf sie. Mein Blick war auf den Mediziner geheftet: »Es hieß, sie würde wieder aufwachen!«

Ich wusste, dass ich mich anhörte wie ein verzweifeltes Kleinkind, doch es war mir egal. Das Schlimmste, worauf ich mich eingestellt hatte, war, meine Mutter ein paar Tage im Koma liegen zu sehen, bevor sie wieder aufwachen und meine Mutter sein würde. Doch ich war falsch gelegen, weil ich die Realität nicht hatte sehen wollen. Die letzten viereinhalb Stunden hatten mir den wichtigsten Menschen in meinem Leben genommen und ich wusste nicht, ob es dieser Gedanke oder die Überforderung war, aber ich brach zusammen, als hätte mich ein Schuss direkt ins Herz getroffen und ich hatte keine Chance, auch nur einen einzigen Atemzug zu nehmen. Alles verschwand um mich und doch fühlte ich eines: Schmerz. Unerträglichen Schmerz.

Ich wünschte mir, das Bewusstsein zu verlieren und in Schwärze zu versinken, die mir alles nehmen würde.

Doch natürlich geschah das nicht.

So gnädig war die Welt nicht.

Kapitel 4

Zwei Wochen war es her, dass meine Mutter verstorben war. Ganze vierzehn Tage.

Ich saß auf meinem Bett und strich sanft über das Rot des Tagebuches, in das ich seit dem Tod meiner Mutter nichts mehr geschrieben hatte. Ich wusste einfach nicht, was ich schreiben sollte.

Dass ich todtraurig war? Dass ich am liebsten alles kurz und klein geschlagen hätte?

Meine Finger zitterten, während sie mit den Spitzen über das Material strichen und ich dachte immer wieder an die Tage und Abende zurück, die ich mit meiner Mutter allein verbracht hatte.

Mein Vater sprach kaum mehr und meine Schwester verbrachte sogar mehr Zeit bei ihrem Freund, wenn das überhaupt möglich war. Noch nie hatte ich mich so verloren gefühlt.

Auch wenn mein Chef gemurrt hatte, hatte er mir bis morgen frei gegeben, um die

Beerdigung zu verarbeiten, die wir gestern abgehalten hatten. Es war eine schöne Beerdigung gewesen, zumindest so weit wie man ein solches Ereignis als schön beschreiben konnte. Die Lieblingslieder meiner Mutter waren gespielt worden und auf dem Friedhof, der für alle Glaubensrichtungen gedacht war, waren nun Lilien eingepflanzt, die die Lieblingsblumen meiner Mutter gewesen waren.

Ihr hätte es gefallen, dachte ich und schon wieder stahl sich eine salzige Träne in meine Augenwinkel und ich musste den Kopf in den Nacken legen, um sie daran zu hindern, über mein Gesicht zu laufen.

Nur langsam schälte ich mich aus dem Bett und lief wie ein Zombie ins Bad, um zu duschen. Das Wasser lief mir brühend heiß den Rücken hinab, doch ich fand nicht einmal die Energie, den Hebel in die andere Richtung zu drehen. Es war mir schlichtweg egal.

Nach ein paar Minuten stieg ich aus der Wanne, zog mich an und ging in die Küche.

Nach wie vor hatte ich das Gefühl, ich müsste nur ein paar Mal blinzeln und meine Mutter würde dort am Tisch sitzen wie an unserem letzten gemeinsamen Morgen.

Langsam lief ich auf den Schrank zu, in dem wir das Kaffeepulver lagerten und erstarrte.

Der Anblick des Schokoladenpulvers, das noch immer darauf wartete, zu heißer Schokolade aufgebrüht zu werden, ließ jede Energie aus meinem Körper fließen. Es würde nie getrunken werden. Zumindest nicht von der Frau, die das süße Getränk mehr geliebt hatte als irgendjemand sonst.

Die Dose mit dem braunen Pulver zitterte in meinen Händen und ich musste sie abstellen, um nicht den gesamten Kaffee in der Küche zu verstreuen.

Mama würde nicht wollen, dass ich so traurig bin, redete ich mir immer wieder ein und allein dieser Gedanke ließ mich weitermachen.

Den ganzen Tag verbrachte ich damit, die Wohnung aufzuräumen, allein die Sachen meiner Mutter berührte ich nicht. Ich wollte nicht auch nur die kleinste Kleinigkeit verändern. So konnte ich weiterhin so tun, als käme sie bald nach Hause.

Gegen Nachmittag hatte ich die Waschbecken geputzt, gesaugt und alles verstaut. Nichts blieb mir mehr zu tun, als zu warten, dass es Abend wurde und vielleicht entweder mein Vater oder meine Schwester nach Hause kamen. Allein hielt ich es hier nicht aus. Es tat zu sehr weh.

Ohne groß darüber nachzudenken schnappte ich mir die Schlüssel und zog eine dicke Winterjacke über. So mild es noch vor zwei Wochen gewesen war, jetzt schien sich das Wetter daran erinnert zu haben, dass Winter war, denn es schneite fast täglich und die Temperaturen brachten den Schnee nachts zum Gefrieren. Es war, als hätte meine Mutter jede Hoffnung mit sich genommen und alles, was mir lieb, war eine kalte, starre Welt.

Eilig stieg ich die Treppen in die Garage hinab und setzte mich in meinen Corsa. Am liebsten wäre ich bloß ziellos herumgefahren, doch ich wusste, dass das meiner Stimmung nicht guttun würde – im Gegenteil. Zu viel Zeit, um nachzudenken, war nicht gut für mich, denn ich würde mich nur hundert Mal im Kreis drehen. Ich steuerte den Wagen durch die Stadt und parkte in der Nähe des freien Friedhofs.

Meine Stiefel knarzten auf dem harten Untergrund und die Haare, die ich auch heute zu einem Pferdeschwanz gebunden hatte, fühlten sich doppelt so schwer an, als sie tatsächlich waren. Ich lief auf den Eingang des Friedhofs zu, der mit hohen Hecken gesäumt war und den Ort noch verlassener wirken ließ, als er in Wirklichkeit war. Noch nie hatte ich verstanden, warum man die Toten abschirmte. Sollten sie nicht in unserer Erinnerung weiterleben, und somit ein Teil von uns sein? Das konnte ich kaum glauben, als ich den Weg hinablief, der sich geradezu durch die Gräber schlängelte, als würde er nur darauf warten, sein nächstes Opfer unter sich zu begraben.

Ich bog um eine Ecke und lief fast in eine junge Frau hinein, stoppte jedoch im letzten Moment.

»Entschuldigung«, war ich dabei zu sagen, als sie ein paar Schritte zurückmachte und mich ansah. In ihren braunen Augen lag keine Wut, es war mehr ein Funken Überraschung, der die Iriden in ihrem vollen Gesicht zum Strahlen brachte und sie leuchten ließ wie geschliffene Diamanten. Ihre schwarzen Haare mit lila Dip Dyes trug sie in einem ähnlichen Pferdeschwanz wie ich und ihr Körper, mit einigen trotz der dicken Jacke erkennbaren Kurven, schien eine Wärme abzustrahlen, dass ich für einen Moment kaum wusste, wie mir geschah.

Ehe ich nach weiteren Worten hätte suchen können, drehte sie sich wortlos weg und lief an mir vorbei ohne mir einen weiteren Blick zuzuwerfen.

Ein paar Sekunden stand ich da wie benommen. *Was war das?*

Ich schüttelte leicht den Kopf, als könnte ich so den Zusammenstoß aus meinen Gedanken rütteln. Etwas wackelig lief ich weiter und brachte die letzten Meter hinter mich, die mich noch von dem frischen Grab meiner Mutter trennten. Wegen ihr war ich hergekommen; die Fremde von eben konnte mir egal sein.

Das Grab sah noch genauso aus, wie wir es gestern verlassen hatten: Die frischen Blumen waren von der Kälte gefroren und auch wenn ich wusste, dass es dämlich war, mitten im Winter Lilien auf das Grab zu pflanzen, hatte ich darauf bestanden. Ich musste mir sicher sein, dass es so aussah, wie meine Mutter es sich gewünscht hätte.

Da waren sie wieder, die Gedanken, die mir die Tränen in die Augen schießen ließen. In diesem Moment wünschte ich mir, ich hätte an der kleinen Friedhofsgärtnerei Halt gemacht, um ein paar Blumen zu kaufen, obwohl durch den Kranz ihrer Kollegen kaum mehr Platz auf dem Grab war. Zu überladen hätte sie es nicht gemocht, dessen war ich mir sicher.

Auf eine komische Art und Weise hasste ich diese Gedanken, die sich in meinen Kopf stahlen, doch ich konnte nicht anders. Ich musste einfach so tun, als wäre zumindest ein Teil meiner Mutter noch hier. Ganz nah bei mir.

Nach ein paar Minuten am Grab - und in der eisigen Kälte – machte ich mich auf den Weg zurück zum Auto und dachte an die junge Frau, die ohne ein Wort zu sagen, gegangen war. Was war das gewesen? Wieso hatte sie nicht mit mir gesprochen? Ich konnte nicht leugnen, dass mir ihre Augenfarbe gefiel und noch mehr als die Farbe hatte mir der Blick in ihnen gefallen. Es hatte ausgesehen, als würde die junge Frau an nichts zweifeln und als wäre es ihr nicht im Mindesten peinlich, dass wir zusammengestoßen waren.

Ich war schon immer jemand gewesen, der am liebsten allen aus dem Weg ging und der sich eher herumschubsen ließ als anderen auf die Füße zu treten, doch diese Frau schien das genaue Gegenteil.

Nach wie vor mit dem Kopf bei ihr, stieg ich ins Auto und fuhr zurück zu unserer Wohnung.

Die Stadt, in der wir lebten, war nicht die größte, doch genau das mochte ich an ihr. Man konnte sich schlecht verfahren und die Straßen führten am Ende alle ins Zentrum. Ich allerdings bog ein paar Blöcke davor wieder in unsere Hauseinfahrt ein und bemerkte erst dort, dass die Gedanken an die junge Frau die ersten waren, die der Schmerz nicht beherrschte. Als hätte mein Körper für einen Moment bemerkt, dass es vielleicht nicht nur Leid im Leben gab.

Mit wenigen Schritten kam ich zurück in die Wohnung und war überrascht, als sich die Tür schon nach einer halben Umdrehung des Schlüssels öffnete. Jemand musste zu Hause sein.

»Zoe?«, fragte ich in die Wohnung und hörte ein klirrendes Geräusch aus der Küche. Ich lief - immer noch mit Jacke und Stiefeln - in die Küche und sah, wie meine Schwester nach einer Kutterschaufel griff, um Scherben auf dem Boden aufzufegen.

»Alice, mann! Du hast mich so erschreckt! Ich wollte nur kurz einen Tee machen«, blaffte sie, doch ich achtete nicht auf ihren Tonfall. Am liebsten wäre ich ihr in die Arme gefallen und hätte ihr gedankt, dass sie mich an diesem Abend nicht allein ließ, doch der Moment war schnell vorüber. Was hatte sie gesagt?

»Was meinst du, du willst nur kurz einen Tee machen?« Zoe schaute kurz von den Scherben in ihrer Schaufel auf und sah mit einem nüchternen Blick in meine Richtung. »Ich gehe gleich wieder zu Robin. Ich wollte nur ein paar Sachen holen.«

Obgleich ich es schon geahnt hatte, tat es fast physisch weh, es sie laut sagen zu hören. Ich konnte mir die nächste Frage nicht verkneifen: »Und was ist mit mir?«

Die fünf Worte verließen meinen Mund verzweifelter, als ich es beabsichtigt hatte und doch hätte ich wenigstens die kleinste Regung in ihrem Gesicht erwartet. Stattdessen stand sie aus der Hocke auf und schaute mich fast schon streng an. »Was soll mit dir sein? Du bist zweiundzwanzig. Brauchst du einen Babysitter?« Ihre Worte trafen mich wie die Klingen scharfer Messer, die sich in jeden Zentimeter meines Körpers bohrten und ich spürte, wie die Wut in mir hochkochte, als hätte mich jemand auf einhundert Grad aufgeheizt.

»War dir Mama eigentlich egal?«

Ich schrie sie fast an, doch ich konnte nicht anders; meine Wut musste raus. Zoe schmetterte die Schaufel auf die Anrichte und ein paar Scherben flogen wieder auf den Boden. Das leichte Klirren ignorierten wir beide. Stattdessen stemmte meine Schwester, die mir so gar nicht gleich sah, die Hände in die Hüften und ihre Augen sprühten Funken. »Was soll der Scheiß, Alice? Du musst endlich kapieren, dass Mama tot ist. Sie kommt nicht wieder.«

Zoes helle Haare hingen ihr bis weit über die Schultern hinab und in diesem Moment hätte ich sie gern gepackt und sie an ihnen durch die Luft geschleudert.

»Für dich macht es doch gar keinen Unterschied! Du warst nie da!«

Vielleicht war es unfair, sie so mit der Wahrheit zu konfrontieren, doch irgendwann musste sie sie hören. Ihre Augen kochten wie frische Lava und ohne ein weiteres Wort zu sagen, verließ sie die Küche und stürmte in ihr Zimmer.

Mein Atem ging rasselnd, als hätten wir uns einen Kampf mit Fäusten geliefert und ich musste mich an der Anrichte abstützen, um nicht zu fallen. Ich fühlte mich schwächer als je zuvor, doch warum, konnte ich nicht genau sagen. Ob es meine emotionale Situation war oder die Tatsache, dass ich kaum noch Essen bei mir behalten konnte.

Bevor ich auch nur darüber nachdenken konnte, mich mit Zoe wieder zu vertragen, stürmte sie aus ihrem Zimmer, knallte die Tür zu und verschwand nur wenig später durch die Haustür – ohne ein weiteres Wort, ohne sich überhaupt eine Jacke anzuziehen. *Peng*. Die Tür schlug sie zu, als würde sie mich damit bestrafen wollen und ich stand noch immer in der Küche und konnte keinen Muskel bewegen. Als meine Mama gegangen war, hatte nicht nur sie mich verlassen. Sie hatte meine ganze Familie mitgenommen.

Zwei Stunden später war es Abend geworden und ich saß nach wie vor allein in der Wohnung. Mein Vater hatte mir eine Nachricht geschrieben, dass es bei ihm später werden würde und ich hatte keine Lust, nur eine weitere Minute wie ein Trauerkloß auf der Couch zu sitzen. Unsere liebste Kochsendung lief und nur daran zu denken, sie allein zu schauen, ließ mir Galle im Hals aufsteigen.

Mit schnellen Schritten lief ich ins Bad, zog mich um und ging in mein Zimmer. Leise stellte ich die Musik von Demi Lovato ein und zappte durch meine Nachrichten, während im Hintergrund der Song *Nightingale* lief.

Beth, meine Arbeitskollegin, hatte mir eine

geschickt und sich erkundigt, wie es mir ging. Fast hätte sich der Anflug eines Lächelns auf meinem Gesicht breitgemacht. Außer ihr hatte ich keine Freunde und auch wenn es mich nie wirklich gestört hatte, fühlte es sich in diesem Moment umso schöner an, dass jemand da war, den es aufrichtig interessierte, wie ich mich fühlte.

Zoe hatte noch nie verstanden, warum ich nie einen Freund mit nach Hause gebracht hatte. Doch jedes Mal, wenn ich nur versuchte, ihr eine Erklärung zu geben, scheiterte ich kläglich. Ich wusste es selbst nicht; es hatte einfach noch nie funktioniert, weswegen ich auch mit meinen zweiundzwanzig Jahren kaum Erfahrung im Bereich Liebe hatte.

Ich schob ein paar Strähnen hinters Ohr, die sich aus meinem Pferdeschwanz gelöst hatten. Für ein paar Augenblicke ließ ich meinen Blick durch das Zimmer schweifen, das mir eigentlich so vertraut war und plötzlich doch so fremd erschien. Ein Seufzer verließ meinen Mund und ich tippte an Beth:

Hallo, Beth! Danke, es geht mir den Umständen entsprechend. Ich bin morgen wieder im Tierheim.

Die Nachricht schickte ich schnell ab und stellte mir dann den Wecker für den kommenden Tag. Mein Bett fühlte sich unter mir merkwürdig an, fast als wäre es zu weich, und so saß ich eine Weile auf der Matratze, ohne mich schlafen zu legen. Meine Gedanken wanderten von einem Ort zum anderen und blieben am Ende wieder an der jungen Frau hängen, die ich heute auf dem Friedhof gesehen hatte.

Ich liebte es, Namen für Menschen zu erraten, weil ich fand, dass sie in den meisten Fällen auch zum Charakter passten. Alice hatte mir zwar schon immer als Name gefallen, doch nicht für mich. Alice hatte etwas Elfenhaftes und ich war alles, aber nicht elegant oder gar feenhaft.

Wie wohl die junge Frau hieß? Es musste ein starker Name sein, der zu ihren Augen passte, die eine solche Sicherheit ausstrahlten. Vielleicht Kim oder Taylor? Ich griff in die Nachttischschublade und beschloss, zum ersten Mal seit zwei Wochen wieder in mein Tagebuch zu schreiben. Was, wusste ich noch nicht, aber ich wollte meiner Fantasie und meinen Gefühlen freien Lauf lassen.

19. Januar 2019

Liebes Tagebuch,

Stärke. Meine Mutter war stark, aber sie ist trotzdem verstorben. Ob es noch eine andere Stärke gibt? Eine, die nur manche Menschen besitzen? Nein, das glaube ich nicht. Meine Mutter war *stark, aber heute habe ich eine andere Art von Stärke in den Augen einer Frau gesehen. Aber ob es wirklich Stärke gewesen ist? Ich habe keine Ahnung. Vielleicht sind Entschlossenheit, Selbstsicherheit und Stärke aber auch ganz unterschiedliche Begriffe? Ich erinnere mich an das, was der erste Arzt zu meiner Mutter gesagt hat, als ich sie zu ihrer ersten Chemo begleitet habe:* Stärke wächst nicht aus körperlicher Kraft – vielmehr aus unbeugsamem Willen. *Ich weiß, dass es ein Zitat von Ghandi ist, aber ich frage mich immer mehr, ob es stimmt. Interessiert sich die Welt überhaupt für Stärke, die nicht körperlicher Natur ist?*

Ich schrieb noch einige Seiten voll und obwohl meine Gedanken die ganze Zeit zwischen Themen hin und her sprangen und ich für diesen Essay früher in der Schule mit Sicherheit eine schlechte Note kassiert hätte, fühlte es sich befreiend an, wieder zu schreiben. Es war, als hätte ich einen Teil meines Selbst wieder, bevor ich die Augen schloss und zum ersten Mal in den letzten Wochen nicht nur von meiner Mutter träumte.

Kapitel 5

»Hey, Süße!«, rief ich lächelnd und hob die gefleckte Katze an meine Brust. Die Kleine war erst gestern bei uns angekommen und doch hatte sie so viel Liebe zu geben, dass ich sie am liebsten in eine Tasche gesteckt und mit nach Hause genommen hätte.

Der Schmerz saß trotz der vergangenen Arbeitswoche weiterhin tief und dass heute Freitag war, machte es nicht besser. Wahrscheinlich würde ich das komplette Wochenende wieder allein herumsitzen, aber vielleicht konnte ich eine Schicht am Wochenende übernehmen. Ich klang schon fast wie mein Vater, allerdings hatte ich mich in den letzten Wochen immer besser kennengelernt und festgestellt, dass ohne Aufgabe Zuhause zu sitzen, einem Todesurteil für mich glich.

Ich hielt dem Kätzchen ein Leckerchen hin, auf das sie sich gierig stürzte. Damit sie besser fressen konnte, setzte ich sie auf einem Kratzbaum ab und strich den anderen Katern und Katzen über das Fell, bevor ich die Außenanlage verließ. Ich hoffte sehr, dass sich bald Menschen finden würden, die ihnen ein schönes Zuhause bieten wollten, wobei ich mir bei dem getupften Neuankömmling keine Sorgen machte. Sie würde schnell vermittelt werden.

Langsam lief ich zurück in den Mitarbeiterraum und zog meine Arbeitskleidung aus und die dicke Wolljacke, die ich im Schrank meiner Mutter gefunden hatte, über. Das Kleidungsstück erinnerte mich so sehr an sie und wenn ich die Augen schloss, konnte ich sie noch immer riechen, als hätte sie mich nie verlassen. Ich holte meine Handtasche aus dem Spind und streifte sie mir über, dann loggte ich mich aus dem Mitarbeitersystem aus.

Während ich durch die sanft fallenden Flocken lief und spürte, wie sich mein Pony schon jetzt kräuselte, dachte ich daran, was wohl andere Menschen an einem

Freitagabend unternahmen. Die meisten gingen mit ihren Partnern weg oder mit Freunden feiern. *Vielleicht hätte ich Beth fragen sollen, ob sie etwas mit mir unternehmen will*, dachte ich mir erst jetzt, doch nochmal zurückzulaufen kam nicht infrage. Das wirkte noch verzweifelter, als ich es war. Ich wollte nicht mehr nur an Mama denken. Sie würde das nicht für mich wollen.

Ich setzte mich in meinen Corsa und schaute ein paar Minuten zu, wie der Schnee langsam aber sicher meine Frontscheibe bedeckte. Die Szenerie ließ mich an mein Tagebuch denken und was ich hineinschreiben könnte, doch mich jetzt schon mit dem Tag zu befassen schien mir zu früh. Das war etwas, was ich mir für die letzten Stunden eines jeden 24 Stunden – Zyklus aufsparte.

Ohne mich bewusst dafür zu entscheiden, startete ich den Motor, ließ den Scheibenwischer an und fuhr in die Stadt. Ich parkte im größten der Parkhäuser, die über unsere beschauliche Innenstadt verteilt waren, und hatte es nicht weit zu einem Café, das ich schon immer gemocht hatte. Es hatte gemütliche Sitzecken und war ein Selbstbedienungscafé, was ich sehr schätzte. Nichts war nerviger, als wenn ständig eine Bedienung an den Tisch kam und nach allem Möglichen fragte. Ob man noch etwas trinken wollte, ob es geschmeckt hätte ... Was sollte man schon sagen?

Ich lief zur Theke und freute mich, dass meine geliebte Kaffeekreation des Winters – mit viel Zimt und Lebkuchengewürz – laut dem Werbeschild noch immer erhältlich war. Ich bestellte eine große Tasse und wartete an der Ausgabe, bis einer der Angestellten ihn zubereitet hatte. Ein junger Mann lächelte mir zu und fragte dann: »Alice?« Ich nickte etwas unbeholfen und mit einem noch breiteren Grinsen hielt er mir die Tasse hin. Unsicher versuchte ich, ein Lächeln zustandezubringen und war mir nur allzu bewusst, dass mein Pony mittlerweile aussehen musste wie eine Dauerwelle im Mini-Format. Doch egal wie lange er mich ansah, ich brach nach kurzer Zeit den Blickkontakt und schnappte mir meine Tasse, damit ich der Situation schnell entkommen konnte. Ich wusste einfach nicht, wie ich auf direkten Augenkontakt reagieren sollte. Damit hatte mich meine Mutter immer aufgezogen und allein der Gedanke ließ mein Herz schmerzhaft pochen.

Etwas zu hektisch drehte ich mich um und lief mit voller Wucht in eine Person hinein. Meine Kaffeetasse flog mir aus der Hand und kam mit einem klirrenden Krachen auf dem Boden auf. Zum Glück blieb die robuste Tasse heil, doch ihr Inhalt ergoss sich über den gesamten Boden und ich duckte mich weg, dass mich keiner der heißen Tropfen traf.

»Shit«, murmelte ich und beugte mich hinab, um die Tasse aufzuheben und mich danach nach einem Lappen zu erkundigen. Erst dann registrierte ich bewusst, dass ich in jemanden hineingelaufen sein musste und schaute aus meiner knienden Position herauf.

Mein Atem stockte und für einen Moment

konnte ich mich nicht rühren. Die braunen Augen, die dunklen Haare mit dem Lilia in den Haarspitzen, der Blick, die volle Figur – das konnte doch nicht …

»Du hast keine gute Orientierung in der Welt, oder?«, fragte eine unvertraute Stimme und sie klang tiefer als ich sie mir ausgemalt hatte.

Nur langsam kam ich wieder zum Stehen und war jetzt auf Augenhöhe mit der jungen Frau, in die ich schon im Friedhof hineingelaufen war. Konnte das ein Zufall sein? Musste es wohl. Sie räusperte sich und erinnerte mich auf diese Weise daran, dass sie mir eine Frage gestellt hatte.

»Ähm …«, brachte ich geistreich hervor und umklammerte den Griff der jetzt leeren Tasse fester. Ich wollte in dem Augenblick mehr sagen, als sie nochmals sprach: »Sollen wir dir ein neues Getränk holen?« Mein Gegenüber schielte auf die Pfütze aus Weihnachtsaromen und Kaffee hinab. Ich nickte nur und sah, wie in dem Moment schon eine Angestellte mit einem Wischmopp erschien, um die Sauerei wegzuputzen. »Entschuldigung«, murmelte ich in ihre Richtung und die Mitverursacherin grinste in sich hinein.

Wir liefen schweigend zurück in die Reihe, in der ich nur Minuten zuvor schon gestanden hatte, und die junge Frau lächelte fast verschmitzt, als ich dem Kassierer noch einmal meine Bestellung nannte und ihm die leere Tasse hinhielt. Schweigend warteten wir auf mein Getränk und ich wusste nicht, wie ich mich verhalten sollte. Sollte ich ein Gespräch anfangen? Wollte sie überhaupt eines führen und wenn ja, warum war sie dann so still? Tausend Gedanken schossen mir durch den Kopf und plötzlich fühlte ich mich, als hätte ich Fieber. Natürlich war ich vorhin rot angelaufen, als mir die Tasse aus der Hand gerutscht war, aber diese Wärme war anderen Ursprungs. Sie ließ mich fast glühen.

Wieder dachte ich daran, wie sie wohl heißen könnte. War es wirklich Kim oder Taylor? Oder doch eher Samantha? Ehe ich mir darüber Gedanken machen konnte, hielt mir der freundliche Mitarbeiter von eben wieder eine gefüllte Tasse hin, die ich mit zwei Händen empfing und für nichts in der Welt wieder loslassen würde, bevor ich einen Tisch erreicht hatte.

Erst jetzt sprach die junge Frau neben mir ein Wort: »Hast du Lust, dich hochzusetzen?« Ich war überrascht, dass sie wirklich Zeit mit mir verbringen und nicht sofort wieder verschwinden wollte. Die Sicherheit, die ich bei unserem letzten Treffen – okay, Zusammenstoß – in ihren Augen gesehen hatte, war auch heute wieder da und erfüllte ihr gesamtes Gesicht, als würde es mit ihrer Charakterstärke aufleuchten wie ein Blinker.

Ich folgte ihr die wenigen Stufen hinauf und wir setzten uns in eine gemütliche Couchecke, die genau genommen für sechs Personen gedacht war. Ich ließ mich auf das eine Sofa sinken und sie sich auf das andere, mir direkt gegenüber. Leicht zitternd stellte ich die Tasse auf dem Tisch ab und zog den Mantel meiner

Mutter aus, der mir plötzlich viel zu warm erschien.

»Geschafft«, meinte sie und bewegte den Kopf in Richtung meines Getränks. Als wäre ich unfähig, eine Tasse zu einem Tisch zu tragen! Ich war kein schnippischer Mensch, aber ein kleines, sarkastisches »Juhu« verließ meinen Mund. Ihr Lächeln wurde breiter und sie lehnte sich mir ein wenig entgegen.

»Ich bin übrigens Carlie.« Die junge Frau hielt mir die Hand hin. *Carlie, was für ein schöner Name …*

Für einen Moment zögerte ich, murmelte ein Verlegenes »Alice«, dann nahm ich ihre Hand in meine rechte und wir schüttelten kurz die Hände, als müssten wir einen Begrüßungskodex erfüllen. Ihre Hand war weich und warm in meiner, doch so schnell wie die Hitze zuvor gekommen war, war sie jetzt wieder verschwunden und ich verwandelte mich zurück in den Eiszapfen, der ich eigentlich war. Ich wusste nicht, wieso. Vielleicht war es die Unsicherheit in mir?

Am liebsten hätte ich ihre Hand noch länger in meiner behalten, doch das hätte wohl ziemlich bescheuert ausgesehen.

Carlie lehnte sich zurück gegen die Couchrückseite und erst jetzt fiel mir auf, dass sie weder bei unserem Zusammenstoß ein Getränk in der Hand gehabt, noch eines bestellt hatte. »Willst du nichts trinken?«, fragte ich in einer Stimmlage, die gegenüber ihrer schon fast piepsig klang.

Wieder lächelte sie ein wissendes Lächeln, als hätte sie sich schon gedacht, dass ich früher oder später diese Frage stellen würde. »Ich hatte schon was.«

Langsam bewegte ich den Kopf auf und ab, was einem wissenden Nicken gleich kommen sollte, doch als ich den belustigten Ausdruck in ihren Augen sah, war ich mir nicht mehr sicher, ob es wirklich so angekommen war. Je länger sie mich ansah, desto nervöser wurde ich. Wie auch sie, stahl ich den ein oder anderen Blick auf sie und ließ ihn ihren Körper auf- und abwandern. Das volle, schöne Gesicht wurde umrahmt von einer Brille, deren Rot sich komischerweise nicht mit der Farbe ihrer Haarspitzen biss. Ihr Körper war in eine helle Bluse gehüllt, ebenso wie in eine dunkle Jeans, deren Look mit schwarzen Stiefeletten abgerundet wurde. Ihre Kurven waren unter dem Shirt zu sehen und ehe ich drohte, Carlie zu lange anzustarren, hob ich den Blick.

Die junge Frau schaute mich ebenfalls weiterhin an und am liebsten hätte ich mich weggebeamt, weil ich das Gefühl hatte, sie schaute direkt in mich hinein. Hinein in einen Körper, der kaum mehr lebte, sondern nur von Trauer zerfressen war. Wie lange war ich schon nicht mehr Kaffeetrinken gewesen?

Bevor ich mich weiter in den Gedanken hineinsteigern konnte, lehnte ich mich vor und hob meine Tasse an die Lippen. Ich schluckte viel zu laut – auch wenn ich das Geräusch hasste – und fasste dann den Mut, etwas zu sagen: »Warum bist du hier?«, fragte ich und Carlie legte den Kopf leicht schief. Ihr Grinsen wurde noch etwas breiter, obwohl ich nicht wusste, ob dies überhaupt möglich war.

Langsam hatte ich den Verdacht, dass mir irgendetwas Peinliches im Gesicht klebte, doch mir wäre nichts aufgefallen. Warum sollte sie mich sonst die ganze Zeit so anstarren? Auch sie lehnte sich ein wenig vor und unsere Köpfe waren nur noch dreißig Zentimeter voneinander entfernt. Ihre Wimpern waren lang und gaben dem Braun in ihren Augen ein ganz besonderes Leuchten, als hätte sich geschmolzene Schokolade in ihre DNA verirrt.

»Ich habe etwas getrunken und als ich meine Tasse weggestellt hatte, ist eine hübsche Frau in mich hineingelaufen.«

Zuerst dachte ich, mich verhört zu haben, doch ich hatte so an ihren Lippen gehangen, dass dies nicht der Fall sein konnte. Eine hübsche Frau? Carlie schaute mir schon fast amüsiert zu, wie ich mit den Augen über ihr Gesicht glitt und schlau aus ihr werden wollte. Nach ein paar Herzschlägen brach sie den Blickkontakt und lehnte sich wieder zurück. Ich fühlte mich, als hätte mir jemand erst jetzt wieder Zugang zu Sauerstoff gegeben und ich sog die Luft gierig ein.

»Wollen wir morgen Abend zusammen Essen gehen?«, fragte Carlie plötzlich und unvermittelt und mein Blick schoss doch wieder zu ihren Augen. Für einige Momente verlor ich mich selbst in dem Blick, weil ich nicht sagen konnte, wie viel Zeit verging. Es hätten Stunden vorbeigezogen sein können oder Jahre – es wäre mir in diesem Moment vollkommen egal gewesen.

Noch immer leicht benommen, brachte ich ein leichtes Nicken zustande und sah, wie Carlies Mund sich zu einem ehrlichen Lächeln formte, als hätte sie Angst gehabt, ich könnte die Einladung ablehnen. Ohne Vorwarnung stand sie auf und schaute auf mich herunter. »Dann sehen wir uns morgen. Komm um 19 Uhr zum *House of India* in der Stadt, ja?« Wie zuvor brachte ich keinen Ton heraus und nickte stattdessen zum wiederholten Male.

»Bis morgen, Hübsche«, raunte sie mir entgegen, dann lief sie die Treppen des Cafés hinab und verschwand aus meinem Sichtfeld.

Erst gegen zehn kam ich Zuhause an. Meine Gedanken waren die ganze Zeit zwischen meiner Mutter und Carlie hin und her gesprungen und ich hatte versucht, mich in keinen hineinzusteigern. Aber das klang einfacher, als es war.

Zu meinem Erstaunen sah ich, dass mein Vater auf der Couch lag und der Fernseher lief, als ich aus meinen Stiefeln schlüpfte. Wahrscheinlich war er früher nach Hause gekommen, doch ich war nicht da gewesen. Die alte Alice hätte sich Vorwürfe gemacht, jedoch nicht ich. Er war nie hier, es war nicht meine Schuld, dass er einmal pünktlich heimgekommen war.

Nachdem Carlie gegangen war, hatte ich noch einige Zeit im Café verbracht. Ich hatte über meine Mutter nachgedacht und über Carlie. Am liebsten hätte ich sie an diesem Abend am Gehen gehindert, doch die Aussicht, dass ich sie morgen wiedersehen würde, brachte die Beherrschung zurück in meinen Körper. Was sie wohl von mir wollte? Ich war wirklich nicht hübsch und doch hatte mein Herz jedes Mal einen Purzelbaum vollführt, als sie mich »hübsch« oder »Hübsche« genannt hatte. Ich mochte ihr Selbstbewusstsein – jetzt sogar mehr als nach unserem ersten Zusammenstoß. Sie kümmerte sich nicht, was die Leute dachten, und der Gedanke war beruhigend. Ich konnte vielleicht einfach Ich sein, selbst wenn ich gar nicht mehr wirklich wusste, wer das war. Und wenn ich meine Nervosität endlich überwinden konnte ... Was dann? War ich tatsächlich in eine Frau ... verschossen? An diesem Abend hatte ich nicht die Kraft, mich auch noch kritisch mit diesem Gedanken zu befassen und schob ihn deshalb weg.

Vorsichtig schlich ich an meinem Vater vorbei und deckte ihn mit dem Teppich zu, den ich ihm immer herausgelegt hatte, als Mama noch bei uns gewesen war. Eilig ging ich ins Bad und schlich mich dann in mein Zimmer.

Ich dachte noch immer an Carlie und war fast froh, dass sie mich von den abendlichen Gedanken an meine Mutter ablenkte. Nicht, dass ich sie nicht mehr vermisste, das war es nicht. Aber ich bekam etwas besser Luft und würde mich heute Nacht eventuell nicht in den Schlaf weinen. Ich zog meine Klamotten aus, mein Schlafshirt an und setzte mich aufs Bett. Fast schon reflexartig griff ich nach meinem roten Tagebuch und schlug es zur aktuellen Seite auf.

25. Januar 2019
Liebes Tagebuch, …

Ich hatte vorgehabt, über den Tag zu schreiben, doch es gelang mir nicht. Ich schrieb allein über Carlie. Über jeden Winkel ihres Körpers, über jedes Lachen und jedes Wort. Das dauerte fast eine Stunde und als ich nach dem Schreiben das Buch schloss, fühlte ich mich besser, befreiter. Als hätte ich der Welt bewiesen, dass es Carlie wirklich gab und dass ich sie mir nicht einbildete. Sie war real. Sie existierte.

Ich klammerte mich an diesen Gedanken und an die Vorfreude auf morgen Abend. Dann legte ich mich ins Bett und zog die Decke bis zum Kinn. Zum ersten Mal seit dem Tod meiner Mutter schlief ich ohne Tränen ein.

Kapitel 6

Als ich am Morgen in die Küche kam, stand mein Vater an der Anrichte und schmierte sich ein Brot. »Guten Morgen, Alice.«

Zum ersten Mal, seit Mama nicht mehr bei uns war, sprach er mich an ohne diesen Trauerschleier in der Stimme, der sie zum Beben brachte. Zum ersten Mal hatte ich das Gefühl, meinen Vater herauszuhören, obwohl ich nicht wusste, wieso.

»Morgen, Papa«, gab ich zurück und holte den Kaffee, um ihn aufzubrühen.

»Wo warst du gestern Abend?«, fragte er und ich hielt kurz inne. Hatte er sich gesorgt oder wollte er nur genau wissen, wo ich gewesen war? »In einem Kaffeehaus, ich wollte ein bisschen unter Menschen.« Fast hätte ich erwartet, er würde mir eine Standpauke halten, wieso ich um acht Zuhause zu sein hatte, doch das Gegenteil war der Fall. Er nickte nur und setzte sich mit seinen geschmierten Nutellabroten an den

Tisch. Nachdem die Maschine Wasser durch das Pulver gepumpt hatte, goss ich Milch in die Tasse und setzte mich ihm gegenüber.

»Musst du heute arbeiten?«, fragte er und ich schaute von dem Gebräu in der Tasse auf. Zum Glück hatte ich meine Pläne nicht wahrgemacht und eine zusätzliche Schicht übernommen, sonst hätte ich womöglich das Treffen mit Carlie absagen müssen und das hätte ich nicht ertragen.

»Nein, ich habe frei.«

Mein Vater nickte, schnitt das erste Nutellabrot in zwei Hälften und hielt mir eine hin. Das hatte er immer gemacht, als ich noch ein Kind gewesen war und meine Mutter geschimpft hatte, dass ich nicht zu viel Süßes essen durfte. Er hatte mir damals, wenn sie nicht hingesehen hatte, die Hälfte seines Brotes gegeben und seitdem war es ein Insider-Witz zwischen uns beiden.

Erst jetzt fiel mir auf, wie sehr ich ihn vermisst hatte, denn mit dem Kommen des Krebses meiner Mutter, war auch er langsam verschwunden. Doch womöglich musste es nicht mehr so sein. Vielleicht käme er wieder.

»Wie geht es dir?«, fragte er unvermittelt und biss von seinem Brot ab. Ich fühlte mich wie in eine andere Zeit teleportiert und schluckte den Bissen des süßen Brotes hinunter. »Okay, denke ich.«

Er hielt inne und studierte mein Gesicht, als könnte er den Schmerz in meinen Zügen lesen. »Alice, es tut mir leid.« Es waren die Worte, auf die ich so lange gewartet hatte, doch jetzt, da sie kamen, wusste ich nicht, wie ich auf sie reagieren sollte. Mein Vater nahm mir die Entscheidung ab und griff mit seiner großen Hand nach meiner kleinen. »Ich habe dich allein gelassen und es tut mir leid.«

Sam Heights war nicht gut darin, sich zu entschuldigen, was ich ihm deshalb hoch anrechnete.

»Ist schon okay«, sagte ich, obgleich es nicht ganz der Wahrheit entsprach. Er lächelte mich etwas schüchtern an und ich tat dasselbe. Mein Vater griff nach seinem zweiten Brot und ich grinste ihn über den Rand meiner Brille an. Er verstand ohne Worte und legte es wieder auf dem Teller ab, um es in zwei Hälften zu schneiden und mir die eine hinzuhalten. Ich nahm sie gierig an mich und fühlte erst jetzt, wie hungrig ich war.

»Wollen wir heute Abend zusammen kochen?«, fragte er und biss genüsslich in seine Hälfte. Als hätte mich jemand eingefroren, hielt ich inne. Ich konnte ihm wohl kaum von Carlie erzählen, denn was würde ich sagen? Dass ich mich mit einer Frau traf, in die ich schon zwei Mal hineingelaufen war? Nur über meine Leiche.

»Heute Abend will ich mich mit Beth treffen, aber morgen?«, fragte ich und hoffte, die kleine Lüge würde nicht auffallen. Was interessierte es ihn schon, mit wem ich mich traf? Es war ja nicht so, als wäre Carlie eine Mörderin und nur hinter meinen Nieren her.

Er nickte und lächelte mich etwas selbstbewusster an. »Du weißt, dass ich Mama genauso vermisse wie du, oder?«

Ich verschluckte mich fast an meinem Kaffeegemisch. Er vermisste sie so sehr wie ich? Für einen Moment stieg Wut in mir auf und ich hätte ihm am liebsten entgegengeschrien, dass er doch nicht einmal eine Ahnung hatte, was meine Mutter - und seine Frau! - hatte durchmachen müssen. Mit dem letzten Bisschen Selbstbeherrschung in mir, biss ich mir auf die Zunge und hielt die Worte zurück. Es hatte keinen Sinn, ihm ein schlechtes Gewissen zu machen. Die Chance, es bei seiner Frau wiedergutzumachen hatte er verpasst und ich war mir fast sicher, dass er sich dessen mehr als bewusst war.

Ich biss in mein Stück des Brotes und gab mir noch einen Moment Zeit, über die Antwort nachzudenken. Dann schluckte ich und schaute meinem Vater in die Augen. »Ja, das weiß ich«, sagte ich mit fast piepsiger Stimme und die Erleichterung über meine Reaktion stand ihm ins Gesicht geschrieben.

Wahrscheinlich hatte er erwartet, dass ich hochging wie eine Bombe, doch dazu fehlte mir im Moment die Kraft.

»Sobald du selbst einen Mann und Kinder hast, wirst du mich verstehen.« Fast hätte ich mich wieder verschluckt. Einen Mann und Kinder ...?

Ein sanftes Lächeln umspielte weiterhin die Lippen meines Vaters und er stand vom Tisch auf. »Ich glaube, ich lege mich nochmal hin. Die letzte Woche hat mich ziemlich geschafft.« Ich nickte nur und er strich mir sanft über den Arm, ehe er ins Wohnzimmer ging und ich die Couch unter seinem Gewicht ächzen hörte.

Ich atmete ein paar Mal tief ein und aus und hoffte, dass meine Schwester ebenfalls bald verstehen würde, dass sie sich fürchterlich benahm. Doch während ich die Sorgsamkeit von meiner Mutter geerbt hatte, hatte Zoe die Sturheit abbekommen und es konnte Ewigkeiten dauern, bis sie sich selbst eingestand, dass sie einen Fehler gemacht hatte.

Ich seufzte und räumte den Teller und die Tassen vom Tisch. Ich konnte nicht genau sagen, was mich störte, doch am meisten tat es dieser eine Satz meines Vaters, obwohl er alles andere als böse gemeint war: *Sobald du selbst einen Mann und Kinder hast, wirst du mich verstehen.*

Ohne Frage war ich froh, meinen Vater *zurückzuhaben*, wenn man es so formulieren konnte, doch es war nicht dasselbe. Er war für mich da, weil meine Mutter es nicht mehr sein konnte. Ich schluckte schwer und nur langsam schlich ich in mein Zimmer zurück. Noch immer dachte ich über diesen einen Satz nach, weil jeder Gedanke an meine Mutter mehr weh tat. Ich konnte es mir einfach nicht vorstellen, dass ich irgendwann genau das haben würde. Es genau zu definieren fiel mir schwer, doch irgendetwas war falsch daran. Es ... passte einfach nicht. Zumindest für den Moment.

Mein Blick fiel auf das Bild, das meine Mutter und mich in London zeigte, wohin sie so gern gereist war. Wir standen vor der Tower Bridge und sie hielt mich fest im Arm, als könnte nichts und niemand uns trennen.

Anstelle von Trauer überrollt zu werden, entschloss ich mich an diesem Tag für einen anderen Weg, vergaß für ein paar Stunden die Gedanken an einen möglichen Ehemann und öffnete meinen Kleiderschrank. »Mama, was soll ich heute Abend anziehen?«

Es war kurz vor halb sieben und ich schaute mich ein letztes Mal im Spiegel an. Ich trug eine blaue Jeans, ein orange-rotes Top und dazu eine schwarze Weste, die dem Farbton meiner Brille glich. Alles in allem sah ich nicht aufgedonnert aus, aber auch nicht, als wäre ich aus der letzten Gosse aufgetaucht. Ich wollte einen guten Eindruck machen, aber auf keinen Fall *overboard* gehen, wie man im Englischen so schön sagte.

Was war das heute Abend überhaupt? Ein Treffen unter Freunden? Wohl kaum, ich kannte sie so gut wie gar nicht und die Unterhaltungen, die wir geführt hatten, konnte man an einer Hand abzählen. Wenn ich ehrlich war, war es mir egal; ich wollte dem Abend keinen Stempel aufdrücken und entschloss mich stattdessen, meine Haare in den gewohnten Pferdeschwanz zu binden und nur ein paar Strähnen hier und da entwischen zu lassen. Noch ein Schwung mit dem Lipgloss und ich war bereit.

Mit etwas zu viel Elan öffnete ich die Zimmertür und sie wäre fast gegen die Wand geknallt, hätte mein Vater sie nicht im letzten Moment abgefangen. »Hui, hier ist aber jemand stürmisch«, witzelte er und noch immer konnte ich mich nicht daran gewöhnen, dass jemand außer mir in der Wohnung war; es fühlte sich so ... ungewohnt an, aber gleichzeitig auch schön. Ich wusste nicht, wie er nach allem so gut gelaunt sein konnte. Es fühlte sich für mich an, als könnte er seine Gefühle einfach wegsperren.

»Sorry«, brachte ich heraus, »ich bin nur etwas spät dran.« Er machte mir Platz im Gang und ich griff nach meiner Handtasche, in der sich mein Autoschlüssel befand.

»Viel Spaß mit Beth«, meinte mein Vater und lehnte sich ein wenig zu mir herab, um die Arme sanft um mich legen zu können. Die kleine Lüge machte mir kaum mehr zu schaffen und ich nuschelte ein Danke. Dann machte ich mich los, um zur Haustüre zu gehen. Meine Mutter hätte mir jetzt noch gesagt, dass ich vorsichtig sein sollte, doch mein Vater war nicht der Mensch dafür. Ich hörte ihre Stimme in meinem Kopf und schon zum zweiten Mal an diesem Tag verband ich mit ihr keine Trauer, sondern den kleinen Funken Heimat, der sie immer für mich sein würde.

House of India. 19 Uhr. Ich wiederholte immer wieder dieselben Worte und kämpfte mit mir, nicht zurück in die Tiefgarage zu gehen, das Auto anzulassen und nach Hause zu fahren. Womöglich würde Carlie gar nicht kommen und mich einfach hier stehen lassen wie bestellt und nicht abgeholt. Das passierte Menschen doch immer wieder, dass sie sich

Hoffnungen machten, um dann wieder enttäuscht zu werden. Hoffnungen machen? Ich war erstaunt über meine eigene Wortwahl, doch ich konnte nicht mehr darüber nachdenken, denn in diesem Moment erkannte ich Carlie, wie sie über die Straße ging und auf mich zulief. Ihre Haare waren wie schon im Café gestern offen und ich liebte es, wie sie sich im leichten Abendwind hin und her bewegten. Sie trug eine schwarze Fleecejacke und dazu eine dunkle Jeans und Stiefeletten, dass sie so aussah, als hätte man sie einmal in ein großes Fass Teer getunkt, doch mir gefiel es. Ich mochte Schwarz und obwohl ich mit der Farbe auch den Tod verband, hatte sie etwas Schönes. Schwarz konnte ohne Weiß nicht existieren, was bedeutete, dass es immer Hoffnung im Dunkel gab. Das hatte mein ehemaliger Kunstlehrer einmal gesagt und ich hatte es noch immer im Kopf, als wäre es gestern und nicht schon über vier Jahre her gewesen.

Als Carlie mich dort stehen sah - in der

Jacke meiner Mutter und hohen Stiefeln - lächelte sie und am liebsten hätte ich mein Mobiltelefon gezückt und ein Bild von ihr geschossen. Das Lächeln brachte ihr Gesicht zum Strahlen und ihre Brille, die meiner nicht unähnlich war, rundete den Anblick ab. Nur noch drei Schritte und sie stünde direkt vor mir ... zwei ... einer. Carlie kam vor mir zum Stehen und ließ den Blick einmal an meinem Körper hinabwandern, als müsste sie mentale Bilder von ihm schießen, um keinen Zentimeter zu vergessen. Ich fühlte mich ertappt und lief wahrscheinlich knallrot an, was meinem Gesicht fast die Farbe meines Tops verleihen musste. Einige Sekunden blieb sie stumm und erhob erst dann ihre Stimme: »Hi, Alice.«

Ich liebte den Klang meines Namens auf ihren Lippen und hätte sie am liebsten gebeten, den ganzen Abend nur diese zwei Silben zu sprechen. Natürlich klang meine Stimme nicht kraftvoll, sondern so piepsig, dass ich mir am liebsten auf die Zunge gebissen hätte: »Hallo, Carlie.«

Meine Mutter hatte mir früher immer gesagt, dass man wahre Nervosität nicht am Schwitzen oder Zittern eines Menschen festmachen konnte, sondern an dem nervösen Leuchten in den Augen, als suchten die Pupillen etwas, was nicht da war.

Carlie schaute mich noch einige Sekunden an, dann hob sie die Hand und deutete auf die Eingangstür zum *House of India*. »Komm.« Sie lief vor mir in das Lokal, um mir die Tür aufzuhalten.

Das indische Restaurant sah genauso aus, wie man es sich vorstellte: Alles war in einem angenehmen Braunton gehalten und allerlei Figuren aus dem indischen Glaubensbereich standen als Statuen in den Ecken oder schauten von großen Gemälden auf die Gäste herab.

Carlie suchte uns einen Tisch, der direkt am Fenster stand und von dem aus wir auf die noch immer belebte Hauptstraße vor dem Restaurant blicken konnten. Seit der

Begrüßung hatten wir kein Wort gewechselt, doch komischerweise war mir das nicht unangenehm. Es fühlte sich eher an, als würden wir auf den richtigen Moment warten, einander wieder anzusprechen.

Eilig schälte ich mich aus der Jacke meiner Mutter und hing sie dann über die Stuhllehne des Holzstuhls, der in zweifacher Ausfertigung um das kleine Tischchen stand. Carlie hatte sich schon gesetzt und schob mir die Menükarte entgegen, während ich mich auf meinen Stuhl niederließ.

»Weißt du schon, was du willst?«, fragte ich und schlug das Menü auf. Erst in diesem Moment fiel mir auf, wie lange ich schon nicht mehr Essen gegangen war. Das letzte Mal war der Geburtstag meines Vaters gewesen – im November. Seit der Diagnose meiner Mutter hatten wir nichts mehr zusammen unternommen und die Chemotherapie hatte es nicht möglich gemacht, auch nur mit meiner Mutter einkaufen zu gehen. Sie war zu schwach gewesen ...

Für einen Moment kniff ich die Augen zusammen und ihr Gesicht erschien in meinen Gedanken: Ihre Augenfarbe, die uns verband, ihre wunderschönen Haare, der herzliche Ausdruck auf ihrem Gesicht. Ehe mich die Trauer in einen Abgrund ziehen konnte, sprach Carlie: »Ich esse immer das Gleiche.« Im ersten Moment konnte ich mir keinen Reim auf ihre Aussage machen, doch dann erinnerte ich mich wieder an meine Frage. Ich schaute von der Karte auf und sah, dass sie mich schon wieder anstarrte. Schnell blickte ich zurück in die Essensauflistung und versuchte, mich auf die Wahl eines Gerichts zu konzentrieren. Carlie hielt den Blick weiterhin starr auf mich gerichtet, als ein junger Inder zu unserem Tisch kam, um die Bestellung aufzunehmen.

»Ich hätte gern eine Cola und das Curry, Nummer 142«, bestellte ich und schaute dann auffordernd zu Carlie. »Ich hätte gern ein großes Glas Spezi und die Nummern A12 und 167.« Super, jetzt war ich genauso schlau wie zuvor. Gerade war ich dabei, zur Karte zu greifen, als Carlie ihre Hand über den Tisch streckte und sie auf meine legte. Scharf sog ich die Luft ein, als müsste ich mich für etwas wappnen. Der Blick in ihren braunen Augen wurde von einem Moment auf den anderen sehr sanft und sie strich mit dem Daumen über meinen Handrücken.

Ich wollte sie fragen, was das sollte oder was sie da tat, doch ich konnte meinen Körper nicht dazu bringen, mir zu gehorchen und den Mund zu öffnen. Stattdessen ergriff Carlie das Wort: »Was hast du auf dem Friedhof gemacht?«

Ich hätte viel dafür gegeben, wenn sie eine andere Frage gestellt hätte. Nach wie vor schaute ich auf meine Hand in der ihren und räusperte mich, um meine Stimme nicht belegter klingen zu lassen, als sie es eh schon tat.

»Meine Mutter ist vor drei Wochen gestorben.«

Carlies Daumen hielt inne und die

kreisenden Bewegungen auf meinem Handrücken stoppten.

Was sie wohl sagen wird?, fragte ich mich und die Pause, die nach diesem einen Satz folgte, zog sich in die Länge wie Kaugummi. Erst nach gefühlten Stunden antwortete sie: »Das tut mir leid, Alice.«

Ihre Worte klangen aufrichtig und nicht wie die hundert Es-tut-mir-leids, die ich von fernen Verwandten auf der Trauerfeier gehört hatte. Es hörte sich an, als hätte sie all ihre Emotionen in den Klang ihrer Worte gelegt und die Intensität ließ die Härchen auf meinem Arm abstehen.

»Wieso warst du da?« Meine Frage war kein Versuch, einen jämmerlichen Smalltalk aufzubauen, indem ich über die Vorlieben oder das Wetter sprach, nein. Es interessierte mich wirklich. Was konnte auch sie so abgelenkt haben, dass sie mit mir zusammengestoßen war? Ich hob den Blick von unseren Händen, die regungslos miteinander verschlungen waren, und schaute in Carlies Gesicht. »Ich habe einen Freund besucht.« Sie hatte einen Freund besucht? Am liebsten hätte ich weiter gefragt, doch just in diesem Moment kam der Kellner mit unseren Getränken und einer kleinen Schüssel und zerstörte so den Moment.

Wenn dies überhaupt möglich war, schien mir Carlie jetzt noch interessanter. Was versteckte sie hinter dem Vorhang langer, dunkelbrauner Haare und den bunten Spitzen? Ich konnte nicht sagen, was genau es war, was mich an der jungen Frau faszinierte, doch ihre geschwungenen Lippen, der wache Blick hinter den Brillengläsern und ihre Blusen zogen mich an wie ein Minus- den Pluspol.

Die Eiswürfel in meiner Cola klirrten, als ich das Glas hob, und sie nahm im gleichen Moment das ihre mit der Mischflüssigkeit aus Fanta und Cola, sodass es aussah, als würden wir einander zu toasten. Unwillkürlich mussten wir beide grinsen und das Lächeln gab ihrem Gesicht einen neuen Ausdruck. Als hätte ich plötzlich eine andere Frau vor mir. Dann lehnte Carlie sich vor und nahm einen Suppenlöffel aus dem kleinen Geschirrkorb, der so gar nichts mit der indischen Kultur zu tun hatte.

»Hast du schon mal eine indische Suppe probiert?« Carlie tauchte den Löffel in die Brühe, um ihn nur Sekunden später herauszunehmen und ihn an ihre Lippen zu drücken. Sie pustete und ich sah den Dampf, der von der frischen Suppe in die Höhe stieg.

Ich schüttelte den Kopf und sie zog die Stirn kraus, als hätte sie gute Lust, mich damit aufzuziehen. Anstelle genau dies zu tun, legte sie den Löffel zurück und schob mir die kleine Suppenschüssel entgegen.

»Dann ist es höchste Zeit«, witzelte sie und schaute mich an, als könnte sie mich mit ihrem Blick durchleuchten. Ich wollte widersprechen, ihr sagen, dass es ihre Suppe war, doch die Geste war so rührend, dass ich nicht anders konnte, als den gefüllten Löffel an meinen Mund zu heben und versucht lautlos die

Suppe schlürfen. Carlie hatte recht. Diese Suppe schmeckte nicht nur, sie triefte geradezu vor Aromen, die in meinem Mund explodierten: Gemüse, eine aromatische Brühe und einzelne Linsen, die auf meiner Zunge tanzten.

»Wow«, brachte ich nach ein paar Sekunden heraus und Carlie grinste so selbstzufrieden, dass ich sie am liebsten fotografiert hätte, um diesen Ausdruck für immer festzuhalten. Eilig schob ich ihr die Suppe zurück und war erstaunt, als sie sich aus dem Vorrat an Geschirr einen neuen Löffel holte. »Lass sie uns teilen.«

Ich hielt für einen Moment die Luft an. Sie wollte beim ersten Date ihre Suppe mit mir teilen? Fast hätte ich mir auf die Zunge gebissen. Ein Date? Wollte ich ein Date mit ihr? War das ein Date?

Mein rationaler Verstand wusste nicht, was er davon halten sollte, doch mein Herz sprach eine andere Sprache. Ja, ja, ich wollte ein Date mit dieser Frau … oder hatte gerade eines, wie auch immer.

Schüchtern lächelte ich über den Tisch und nahm den Löffel, um ihn erneut in die Brühe zu tunken. Carlie tat es mir gleich und bald aßen wir abwechselnd einen Löffel voll Suppe und die Stimmung zwischen uns schien sich mit unserem schwindenden Hunger zu entladen. Ich hatte nicht mehr das Gefühl, dass meine Nervenenden in Flammen standen, sondern entspannte mich.

»Was machst du eigentlich beruflich?«, fragte ich und brach damit das letzte Eis, das uns die Luft abgeschnürt hatte. Plötzlich erwachte Carlie zum Leben. Mit Inbrunst berichtete sie von ihrem Job als Konditorin und von den Kuchenkunstwerken, die sie erschaffen durfte. Ich nickte und spürte, wie die Faszination in mir wuchs. Diese Frau konnte einfach alles. Ich liebte Süßes und würde wohl unbedingt in der Konditorei vorbeischauen, in der sie arbeitete. Wahrscheinlich nicht nur wegen der Torten ...

Als sie einen weiteren Löffel der Suppe

nahm, erzählte auch ich von meinem Job im Tierheim und bis die Suppe geleert war, ließ der Hauptgang nicht mehr lange auf sich warten.

Ich tauchte meinen Löffel in den Reis, der von einer leckeren Currysauce umschwemmt war und schaute zu, wie Carlie ihren Löffel in ein Curry tauchte, dessen Farbe noch intensiver war als die meines Essens.

»Was hast du bestellt?«, fragte ich dann und sie grinste. »Das ist ein Curry mit Kichererbsen und gebratenem Tofu. Ich liebe es.« Ich lächelte ihr zum gefühlt hundertsten Mal an diesem Abend entgegen und ohne uns absprechen zu müssen, schoben wir unsere Teller in die Mitte des Tisches und aßen abwechselnd von den Curries. Carlie hatte absolut recht, ihr Curry war ein Traum.

Den ganzen Abend unterhielten wir uns über leichte Themen, die uns in den Kopf kamen. Unsere Hobbys, Lieblingsessen oder auch Lieblingsbücher und -filme. Immer wieder brachten wir einander durch einen lustigen

Kommentar zum Lachen und es fühlte sich an, als würde ich schweben, wenn sie mich anlächelte und ihre Augen dabei einen sanften Glanz in sich trugen. In diesen Momenten konnte ich glauben, dass alles gut werden würde. Dass meine Mutter noch immer hier war und nichts in der Welt mir Sorgen bereiten konnte. Und es war ein wunderbares Gefühl. Mit dem letzten Klirren unseres Bestecks auf den Tellern ließen wir uns beide satt gegen die Lehnen unserer Stühle sinken.

»Was hältst du von einem Eis zum Nachtisch?«, fragte Carlie ohne Umschweife und jetzt war ich diejenige, die grinste. »Im Januar?« Ich nippte an meiner Cola und Carlie zuckte lediglich mit den Schultern. »Für Eis ist es nie zu kalt, genauso wie für Eistorten. Ich kenne einen super Eisladen.«

Was hatte ich schon zu verlieren? Mein Mund hob sich wie von selbst zu einem breiten Lächeln und ich nickte. Zusätzlich machte ich mir eine mentale Notiz, sie bei einem Besuch in der Konditorei unbedingt nach Eistorten zu fragen. Vielleicht machte sie sie ja selbst?

Von einem Moment auf den nächsten war die Stimmung am Tisch eine andere. Es fühlte sich an, als hätten wir einen Teil der Ernsthaftigkeit zurück und die Sorglosigkeit in unseren Tellern gelassen, die der Kellner gerade abräumte. Als fiele es uns beiden schwer, die Gemütlichkeit des Essens zurückzulassen.

Die Einladung zum Eisessen hing zwischen uns und ich fühlte mich, als wüssten wir beide nicht, was wir sagen sollten. Im Gegensatz zu mir hielt Carlie den Blick auf mein Gesicht fixiert, als müsste sie jede noch so kleine Falte genau betrachten.

»Sollen wir dann gehen?« Meine Frage war nur Sekunden später gekommen und doch hatte es sich angefühlt wie Jahre, die sie damit verbracht hatte, mich zu mustern. Carlie lächelte leicht und nickte. Die Stimmung hellte sich sofort wieder auf und ich fragte mich, was das gerade gewesen war. Es hatte sich angefühlt, als hätten wir beide Antennen ausgestreckt, und versucht, unser Gegenüber einzuordnen. Vielleicht wollte Carlie ja wissen ... ob ich ...? Ich brachte den Gedanken nicht zu Ende, sondern genoss das Lächeln auf ihren Lippen, das mich in seinen Bann zog.

Nachdem wir für unser Essen bezahlt hatten und in unsere Jacken geschlüpft waren, traten wir hinaus in die Kälte der Nacht. Ich hatte die Zeit komplett aus den Augen verloren und es war schon fast halb elf. Noch immer lagen zwischen uns die Überreste des Schleiers, den keiner von uns zu heben drohte, und obgleich er da war, fühlte ich mich nicht unwohl. Mehr, als wäre ich in einem geschützten Raum, in dem Verständnis für ernste Probleme existierte.

»Meine Mutter hat den Winter gehasst«, murmelte ich und Carlie schaute erstaunt zu mir, während wir uns langsam auf den Weg durch die schneebedeckten Straßen machten.

»Wieso?«, fragte sie zurück und führte mich eine kleine Straße entlang, an deren Ende ein

Donut-Laden war, den ich noch vor Monaten fast jeden Tag besucht hatte.

Nervös spielte ich mit dem Reißverschluss meiner Jacke. »Sie mochte die Kälte nicht, sie empfand es schon bei angenehmen Temperaturen als zu kalt.« Carlie nickte, als hätte sie so etwas schon häufig gehört und als störte sie es nicht, dass wir über meine tote Mutter sprachen. Anstatt dem Thema auszuweichen, nahm sie es in die Hand. »Hattest du eine enge Beziehung mit deiner Mama?«

Ich mochte es, wie sie das Wort Mama aussprach, als bräuchte es möglichst viel Liebe in jeder Silbe, um real zu klingen. Tränen drohten in mir hochzusteigen, deshalb antwortete ich nicht, sondern brachte nur ein Nicken zustande.

Ich hatte den Blick auf den Boden gesenkt, und folgte Carlies Schritten, die uns in eine Gegend der Stadt führten, in der ich nicht häufig unterwegs war. Hier waren die meisten Läden eher teuer und mit meinem kleinen

Einkommen konnte ich mir hier nicht mal eine Jeans leisten.

Seit Carlies Frage hatten wir nicht mehr gesprochen, doch von einem Moment auf den anderen fühlte ich, wie Carlie sich Zentimeter für Zentimeter in meine Richtung bewegte. Unwillkürlich hielt ich die Luft an, nur um ihre weiche Hand an meiner zu spüren. Ob sie mich trösten wollte oder ob ein anderes Motiv dahintersteckte, wusste ich nicht, doch es fühlte sich verdammt gut an. Ich ließ zu, dass sie unsere Finger miteinander verschränkte, und lächelte in die Dunkelheit der Nacht hinein, die so schwarz war wie Ebenholz, trotz der Laternen, die alle paar Meter die Straßen zierten.

Carlie hielt meine Hand und es fühlte sich auch nach einigen Minuten noch wunderschön an. Wenn ich ehrlich war, hatte ich erwartet, dass es sich komisch oder sogar unnatürlich anfühlen würde, doch das genaue Gegenteil war der Fall. Ich fühlte mich … verstanden und geborgen.

Wir bogen um ein paar Ecken und plötzlich blieb Carlie vor einem Laden stehen, der sich in einem der schönsten Altbauten der Stadt befand. Über der Tür hing ein großes Schild mit der Aufschrift *Ice Cream Queens* und ich lächelte, während ich meinen Blick über die Schaufenster gleiten ließ, die alle bis oben gefüllt waren mit Leckereien und Fotos von Eisbechern. Carlie drückte meine Hand, als wollte sie meine Zustimmung einholen und zum ersten Mal, seit wir das *House of India* verlassen hatten, schaute ich in ihre schimmernden dunklen Augen. Ihr Mund war ebenfalls zu einem Lächeln geformt und am liebsten wäre ich für immer hier draußen in der Kälte gestanden und hätte sie angestarrt. Doch das Leben blieb nicht einfach stehen, das hatte mich das Schicksal meiner Mutter gelehrt. Egal, wie häufig ich mir gewünscht hatte, dass alles so bliebe, wie es zuvor gewesen war oder sich zumindest nicht verschlechterte, das Schicksal hatte mir jedes Mal von Neuem einen Tritt in den Hintern verpasst.

Die Kälte hier draußen war nicht zu schlimm, wenn man sich bewegte, doch erst im Stehen bemerkte ich, wie eisig es war. Und da wollte Carlie auch noch Eis essen? Ich würde vermutlich innerlich erfrieren und mit Eiskristallen werfen wie Elsa aus dem Film *Frozen*.

Carlie drückte meine Hand noch einmal und öffnete dann die Tür zu dem Laden, für den ich als Kind getötet hätte. Ob er wohl schon lange hier war? Zu meiner Überraschung war es nicht totenstill im Laden, sondern es saßen einige Kunden an kleinen Tischchen und tunkten die Löffel in Eiscreme und bunte Soßen, die ich von einigen Metern Entfernung nicht einordnen konnte. Was waren denn das?

Carlie trat an die Theke und ein junger Mann lächelte ihr freundlich entgegen. Für einen Augenblick war ich wie gelähmt, doch als ich bemerkte, dass er den Blick nur auf den Geldbeutel in ihrer Hand gerichtet hatte, entspannte ich mich ein wenig.

Warum bin ich überhaupt so nervös geworden? Das kann doch nicht …

Carlies Stimme riss mich aus meinen Gedanken: »Wir hätten gern zweimal Schokolade mit Minze.«

Am liebsten hätte ich mich zu Wort gemeldet und gesagt, ich wollte selbst entscheiden, was ich aß, doch ich blieb stumm. Ich mochte Schokolade und Minze, also konnte sie eigentlich nichts falsch machen. Gespannt schaute ich dem Mann hinter der Theke zu, wie er drei Kugeln Schokoladeneis in jeweils einen Becher füllte und danach nach einer Art Kanne griff.

Ich runzelte die Stirn und wollte gerade nachfragen, als Carlie sich zu mir umdrehte und flüsterte: »Warte ab, du musst es schmecken. Das kann man nicht erklären.«

Ich wurde immer neugieriger und beäugte die Becher, die er auf die Theke stellte. »Sechs vierzig, bitte.« Carlie holte einen bläulichen Schein aus ihrem Geldbeutel und hielt ihn hin. Der Kellner übergab ihr ohne ein

Wort zu sagen das Wechselgeld und ich nahm die zwei Becher von der Theke. Das Eis sah aus, als hätte es in bläulichem Blut gebadet, so intensiv war die Farbe der Soße, die dampfend über das Eis gegossen worden war. Ich konnte durch das dünne Material des Bechers fühlen, wie sich die Hitze der Soße und die Kälte des Eises vermischten und zusammenflossen wie Yin und Yang.

Carlie bedeutete mir, nach draußen zu gehen, und sie schnappte an der Tür noch jeweils einen großen Löffel für jeden von uns, bevor sie nachkam.

Leichte Flocken fielen vom Himmel, und ich hob den Kopf, um sie im Nachthimmel zu beobachten. Es war ein wunderschönes Schauspiel und am liebsten hätte ich mein iPhone herausgeholt und alles festgehalten, doch es hätte nie die volle Schönheit des Moments einfangen können.

Carlie nahm ihren Becher aus meiner Hand und grinste mich schelmisch an. »So, jetzt musst du probieren. Der Laden ist berühmt für dieses Eis und ich bin sicher, es wird dir schmecken.«

Mehr als gespannt tauchte ich den Löffel in die Masse und achtete darauf, dass ich nicht nur Eis erwischte, sondern auch eine kleine Menge Soße, in der die Eismasse badete. »Auf drei«, meinte Carlie und tat es mir gleich, nur sie hob ihre Portion schon weiter an den Mund. »Eins. Zwei. Drei.« Ich steckte mir den Löffel in den Mund und obwohl ich schon bei der indischen Suppe der Meinung gewesen war, dass sie an Geschmack nicht zu übertreffen war, zog dieses Eis sie noch locker ab. Es schmeckte, als würde ich auf pure Schokolade beißen und dazu auf heiße *After Eight*-Tafeln, die so zuckrig waren, dass sie in meinem Mund trotz der flüssigen Konsistenz zerbrachen wie Eiskristalle. Fast hätte ich genießerisch aufgestöhnt, doch ich hielt mich zurück. Ich war mir sicher, dass ich nie wieder etwas anderes essen wollte als diese Eiskreation.

»Es schmeckt dir, was?«, fragte Carlie und

war schon dabei, einen weiteren löffelvoll in ihren Mund zu schieben. »Und wie«, murmelte ich und schob mir ebenfalls eine weitere Portion Eis-Soße-Gemisch in den Mund.

Noch immer flogen die Flocken um uns herum und es war eine so friedliche Nacht, dass man meinen könnte, die Welt bliebe stehen. Jemand musste auf die Stopp-Taste des Erdballs gedrückt haben und alles war perfekt für diesen einen Moment.

Nur langsam setzten wir uns in Bewegung und liefen die Straßen zurück, die wir gekommen waren. Anders als zuvor konzentrierten wir uns auf unser Eis und mir fehlte die Wärme, die mir zuvor Carlies Hand gespendet hatte. Es war, als würde mir etwas Wichtiges am Körper fehlen.

Erst als wir die letzten Reste aus den Bechern kratzten, sprachen wir wieder.

»Gott, das war so gut«, meinte ich und sah, dass Carlies Augen leuchteten, als hätte ich sie mit meiner Aussage angezündet.

»Ja, nicht? Es ist, als würde man ein Stück

Regenbogen essen.« Ich grinste sie an und erst dann bemerkte ich, dass wir schon vor dem Parkhaus standen, in dem ich geparkt hatte.

»Stehst du auch hier drin?«, fragte ich und warf meinen leeren Becher in den Mülleimer, der neben uns stand. Sie tat dasselbe, schüttelte dann aber den Kopf: »Nein, ich bin hergelaufen. Ich wohne nicht weit von hier.«

Ich antwortete ohne zu zögern: »Ich fahr dich nach Hause, ja?«

Sie winkte ab, doch ich ließ nicht locker. »Du hast mir gerade das weltbeste Eis spendiert, da ist das das Mindeste.«

Carlie grinste und ich wusste, dass ich sie überredet hatte. Schnell lief ich die Stufen ins Parkhaus hinab, damit sie es sich nicht anders überlegen konnte und mein Körper atmete auf, als ich ihre Stiefel auf den Stufen quietschen hörte. Wir liefen an den Parkautomaten und während ich bezahlte, blieb Carlie neben mir stehen und hob ihre Brille an, um sich die Augen reiben zu können, die wie meine brennen mussten.

Das Parkhaus war hell erleuchtet und die Helligkeit war unangenehm in meinen Augen, die sich so an die Dunkelheit der Straßen gewöhnt hatten. Ich wollte ihr ein Taschentuch für ihre tränenden Augen anbieten, doch ich wusste nicht, ob das merkwürdig klang: *Hey, hier hast du ein Taschentuch*. Ich entschied mich dagegen und zeigte ihr den Weg zum Auto, nachdem sie ihre Brille wieder auf die Nase gesetzt hatte.

»Ein Corsa?«, fragte sie und schaute das kleine Auto mit einem Blick an, den ich nicht zu deuten wusste.

»Ja«, verteidigte ich mich in einem Tonfall, der eine Mischung aus Trotz und Stolz war. Wollte sie etwa über mein Auto lästern? Sie schien zu bemerken, dass ich nicht sicher war, was sie mir sagen wollte, und hob die Hände, als müsste sie sich ergeben. »So meinte ich das nicht. Ich finde es nur witzig. Meine Eltern haben auch einen.«

»Oh«, gab ich zurück und war innerlich froh,

dass sie nicht über meinen kleinen Wagen lachte. Es hätte auch nicht zu ihr gepasst, schalt ich mich jetzt und bedeutete ihr, einzusteigen. Ich mochte kleine Autos, da sie in alle Parklücken passten und doch, jetzt, da Carlie neben mir saß, wirkte das Auto viel zu klein, als hätte man kaum Luft zum Atmen.

Während ich nervös den Schlüssel in den Zünder steckte und meinen Sicherheitsgurt anlegte, schaute Carlie auf das kleine Duftkätzchen, das als Motiv an meinem Spiegel herabbaumelte.

»Smelly Cat?«, fragte sie und ich hörte die Belustigung aus ihrem Ton heraus.

»Ja«, sagte ich und tippte das papierne Kätzchen mit dem Zeigefinger an, »sie riecht nach Blumen.« Obwohl ich sie schon einige Zeit besaß, roch das Auto immer noch nach ihr und das liebte ich. Aber für einen Moment wusste ich nicht, ob der Geruch Carlie vielleicht zu stark war. Doch dann lachte sie laut auf.

»Sag mir nicht, bei Smelly Cat musst du

nicht auch sofort an *Friends* denken?«
Natürlich hatte ich schon von der Sitcom aus den Neunzigern gehört, doch ich wusste nicht, was sie mit Smelly Cat meinte.

Carlie schien zu bemerken, dass ich mir keinen Reim auf ihre Aussage machen konnte. Sie räusperte sich, bevor sie in einer schrägen Tonlage zu singen begann: »Smelly Cat, Smelly Cat, What are they feeding you? Smelly Cat, Smelly Cat, It´s not your fault …«

Ich kringelte mich auf dem Fahrersitz vor Lachen und stimmte nach ein paar Runden mit ein. Der Song machte für mich nur wenig Sinn, doch es war schön, mit Carlie so schräg zu singen wie nur möglich.

Ich ließ den Wagen an und steuerte ihn noch immer singend aus dem Parkhaus heraus und an der Schranke vorbei.

»Wenn du *Friends* noch nicht gesehen hast, müssen wir uns unbedingt treffen und die ganzen Staffeln durchschauen.«

Als hätte sie mir einen elektrischen Schlag verpasst, zuckte es durch meinen Körper und ließ ihn die Kälte der Außenwelt vergessen. Sie wollte, dass wir uns wieder trafen? Wirklich? Zum ersten Mal in meinem Leben spürte ich die so häufig erwähnten Schmetterlinge im Bauch und hatte das Gefühl, sie breiteten sich sogar bis hinauf in meine Brust aus. Ich konnte nicht sagen, warum ich so empfand oder was das bedeutete, doch für den Moment war ich einfach glücklich.

Ohne Furcht - wie schon zuvor – griff Carlie nach meiner Hand, die am Schaltknüppel lag, und wir brachten den Wagen zusammen in den zweiten Gang.

»Wo wohnst du eigentlich?«, fragte ich sehr geistreich, da ich keine Ahnung hatte, wohin ich fahren sollte.

»Hier hoch«, dirigierte sie mich und deutete die Hauptstraße entlang, die sich nach einigen hundert Metern in einen rechten und einen linken Fahrstreifen teilte. »Jetzt rechts.«

Nach wie vor hielt sie meine Hand mit ihrer auf der Schaltung. Wir fuhren an großen Villen vorbei und kamen nach nur wenigen Minuten vor einer Siedlung mit Reihenhäusern zum Stehen. »Da wohne ich«, meinte sie und zeigte auf das dritte Reihenhaus vor einer Art kleinem Park. Weiterhin flogen die Schneeflocken durch die Gegend und der Wind, der mit der Kälte der Nacht kam, wirbelte sie in alle Richtungen. Ich schaute auf die Uhr am Armaturenbrett und erst dann bemerkte ich, wie spät es war.

Zwanzig nach zwölf.

»Also hättest du Lust, dich mal nochmal zu treffen?«, fragte Carlie und erst dann bemerkte ich, dass ich ihr auf die Einladung, mit ihr *Friends* zu schauen, noch nicht geantwortet hatte: »Klar.« Etwas schüchtern drehte ich mich ihr entgegen. Sie trug ein leichtes Lächeln auf den Lippen, das sie jünger wirken ließ. »Ich freue mich drauf«, meinte sie dann und machte ihren Sicherheitsgurt los. Ich erwartete, dass sie ging, dass sie die Tür öffnete und einfach ging, doch auf das, was sie tat, war ich nicht vorbereitet.

Carlie lehnte sich nach vorn und presste ihre warmen Lippen auf meine kalten. Ein Feuerwerk explodierte in mir und am liebsten hätte ich die Arme um sie geschlungen, um sie näher an mich zu ziehen. Unsere Münder bewegten sich, als hätten sie die Choreografie auswendig gelernt und es lag nichts Zwingendes oder Drängendes in unserem Kuss. Er war einfach wunderschön.

Nach einigen Augenblicken konnte ich nicht anders als in den Kuss zu lächeln und sie tat es mir gleich. Mit den Schneeflocken vor der Windschutzscheibe und Carlies Geruch in meiner Nase, der einfach unvergleichlich war, verlor ich mich in dem Moment wie in einem Strudel aus Glückseligkeit.

Erst nach gefühlten Stunden lösten wir uns voneinander und ich konnte nur erahnen, wie hell meine Augen strahlen mussten, wenn ihre schon glühten wie Kerzen.

»Dann schreib mir.« Sie drückte mir einen kleinen Zettel in die Hand, auf dem wohl ihre Nummer geschrieben stand. Ohne ein weiteres Wort zu sagen, presste sie ihre Lippen wieder auf meine und legte so viel Gefühl in den Kuss, dass ich mir sicher war, mit ihrem Mund verschmelzen zu müssen. Nur langsam nahm sie ihre Lippen von meinen und flüsterte in mein Ohr: »Schlaf gut, Hübsche.« Ich meinte, ein leichtes Beben aus ihren Worten herauszuhören und obgleich ich mir nicht sicher war, warum es existierte, hoffte ich, es war wegen mir.

Carlie stieg aus und schlug die Autotür hinter sich zu. Mit einem Gefühl der Wärme schaute ich ihr nach, wie sie in Richtung ihres Hauses lief. Ihre Hüften bewegten sich unter der dicken Fleecejacke und ich spürte erst dann, dass ich fast vergessen hätte, zu atmen, so sehr brachte sie mich aus dem Konzept.

Noch ein Weilchen brauchte ich, ehe ich meinen Wagen anließ und ihn zu dem Gebäude fuhr, in dem unsere Wohnung lag. Die gesamte Zeit musste ich an Carlie und ihre weichen Lippen denken, oder an ihr Parfüm und ihre glänzenden Haare, die im Wind getanzt hatten.

Vorsichtig schloss ich unsere Eingangstür auf und sah, dass mein Vater auf der Couch lag und schlief. Seit Mama gegangen war, hatte er nicht mehr im Ehebett geschlafen und es brach mir das Herz Stück für Stück, obwohl ich so sauer auf ihn gewesen war. Das konnte ich einfach nicht mehr sein, zumindest nicht mehr so sehr.

Leise tapste ich in mein Zimmer, zog mich unter dem Blick der Posterversion von Demi Lovato um und setzte mich auf mein Bett. Normalerweise würde ich jetzt in mein Tagebuch schreiben, was ich heute erlebt hatte. Doch dieser Tag war anders gewesen - auf eine gute Art und Weise.

Ich tippte auf meine Lieblingsplaylist im Handy, steckte die Kopfhörer ein und hörte Demi zu, wie sie *Cool for the Summer* schmetterte. Bevor ich das rote Büchlein hervorholte, tippte ich Carlies Nummer in mein Handy und wartete, bis ihr Kontakt bei WhatsApp aufpoppte. Dann drückte ich auf ihr

Icon und schrieb, ohne darüber nachzudenken:

Ich hatte eine tolle Zeit. Ich freue mich auf nächstes Mal. LG Alice.

Ich wollte, dass sie meine Nummer besaß und sich melden konnte, wann auch immer sie wollte. Am liebsten hätte ich Stunden mit ihr geschrieben, obschon meine Uhr auf dem Nachttisch ein Uhr zeigte und Carlie mir noch nicht geantwortet hatte. Diese Nacht war nicht dazu da, sie zu verschlafen. Zum ersten Mal seit dem Tod meiner Mutter fühlte ich mich, als wäre ich ein Mensch, der lächeln konnte, ohne sich schlecht zu fühlen.

Schnell holte ich das Tagebuch heraus und setzte den Stift an, als ich bemerkte, dass ich es heute anders machen wollte.

Heute wollte ich nicht an einen Gegenstand schreiben, denn heute ging es um Gefühle, die mir zuvor fremd gewesen waren. Gefühle, die ich nur mit einem Menschen besprechen wollte. Stattdessen schrieb ich:

26. Januar 2019
Liebe Mama,
ich habe dir so viel zu erzählen …

Kapitel 7

Ein hohes Piepen riss mich aus dem Schlaf. Ich fühlte mich, als hätte ich nicht mehr als zwei Stunden Schlaf bekommen und ich war mir sicher, die Realität sah nicht viel anders aus. Vorsichtig rieb ich mir mit den Handflächen über die brennenden Augen und griff nach meiner Brille, die auf dem Nachttisch lag. Das Piepen wiederholte sich und nach einiger Tasterei auf dem Boden griff ich danach. Es zeigte mir an, dass ich zwei Nachrichten bekommen hatte und von einem Moment auf den anderen war ich so wach, wie ich es kaum je gewesen war. Das musste Carlie sein.

Schnell tippte ich meinen Pin ein und tatsächlich, eine Nachricht von ihr erschien:

Hey, Hübsche. Mir hat es auch gefallen. Meld dich, wenn du Zeit hast, das zu wiederholen. ;-)

Ich biss mir auf die Unterlippe und mein Mund verzog sich zu einem breiten Grinsen. Sie wollte mich wiedersehen und dachte gerade an mich. Die Nachricht war frisch eingetroffen, was bedeuten musste, dass sie wirklich noch in Gedanken bei mir war. Dieses Gefühl war unbeschreiblich. Als hätte mich jemand still und heimlich auf Wolke 7 abgeladen und das ohne Rückfahrschein.

Auch heute konnte ich ihre Lippen noch auf meinen spüren, als hätten wir einander niemals losgelassen. Ihr einzigartiger Duft, der mich leicht an den Geschmack von Kirschen erinnerte, war noch immer in meiner Nase.

So hat mich noch nie jemand geküsst.

Ich hatte schon mal einen Jungen geküsst, doch es hatte sich angefühlt, als wäre er drauf und dran gewesen, mich aufzuessen, und seine Spucke war überall verteilt gewesen. *Brrrr*. Doch mit Carlie war es gewesen, als machte mir ihr Mund dauerhaft Komplimente und keine ihrer Bewegungen war zu viel oder zu wenig gewesen.

Etwas verträumt strich ich mir durch die Haare, die nach der Nacht eher einem Vogelnest glichen als einer Frisur.

Ich würde Carlie wiedersehen, das stand fest. Doch was bedeutete das für mich? Dass ich mich selbst mein Leben lang belogen hatte? Dass ich Männer nicht so anziehend fand wie Frauen?

Der Gedanke brachte einerseits Wärme in meinen Körper, andererseits Unsicherheit. Was wenn ich es nie würde sagen können? Was, wenn ich eine Unbestimmte war, wie in einer meiner Lieblingsbuchreihen, und nicht wusste, wohin ich gehörte? Bedeutete all das automatisch, dass ich nicht an Männern interessiert war?

Ich schluckte schwer und beschloss, dass dies Gedanken für einen anderen Tag waren. Ich war glücklich; das erste Mal, seit meine Mutter gegangen war, und das sollte ich auskosten.

Nur widerwillig nahm ich die Augen von Carlies Worten und klickte ins Menü, um zu sehen, wer mir die zweite Nachricht geschrieben hatte. Zoe.

Am liebsten hätte ich laut aufgestöhnt. Ich wusste noch immer nicht, was ich von ihrem Verhalten halten sollte und doch wusste ich, dass sie meine Schwester war und ich sie nicht bis ans Ende aller Tage ignorieren konnte. Das hätte Mama das Herz gebrochen. Allein der Gedanke an meine Mutter trieb mich an, die Nachricht zu öffnen:

Hey, Sis. Sorry wegen allem. Ruf mich an.

Natürlich. Meine Schwester schickte ein paar lieblose Zeilen und war der Meinung, dass jetzt alles in Ordnung war. Doch was sie nicht verstand, war, dass es nie wieder in Ordnung sein würde, denn unsere Mutter kam nicht zurück; egal, wie sehr wir es uns wünschten.

Ich legte das Handy weg, ohne meiner Schwester zu antworten, und ging ins Bad. Ich duschte mindestens eine halbe Stunde und genoss die Wärme, die sich mit dem heißen Wasser in meinem Körper ausbreitete. Während ich die Haare einseifte, dachte ich daran, was wohl meine Mutter zu dem Date mit Carlie gesagt hätte. Ich hatte ihr in meinem Tagebuch das Herz ausgeschüttet - über ganze drei Seiten – doch war es kein Vergleich zu einem Gespräch mit meiner Mama. Sie hatte immer genau gewusst, was sie sagen musste, um mich zu beruhigen oder zum Lächeln zu bringen.

Warum frage ich mich eigentlich, was sie gesagt hätte?, schalt ich mich schon fast. Natürlich wäre sie glücklich gewesen und hätte sich für mich gefreut. So war sie – meine beste Freundin, meine Zuhörerin.

Ich musste an mich halten, nicht unter der Dusche in Tränen auszubrechen, doch es gelang mir nur schwer und ein paar salzige Tropfen gesellten sich zu dem rauschenden Wasser aus der Düse.

Ich hab dich so lieb, dachte ich und hoffte, dass es stimmte und Tote uns nie wahrlich verließen und sie es hören konnte. Allein dieser Gedanke hielt mich davon ab, an Ort und Stelle zusammenzubrechen.

Ich wusch den restlichen Schaum aus meinen Haaren und stieg aus der Wanne. Erst dann betrachtete ich mich im Spiegel. Ich trug keine Brille, weswegen meine Erscheinung etwas verzerrt war, doch ich erkannte genug. Meine dunkelblonden Haare, die gerade so viel dunkler erschienen und meine Haut, die durch die Hitze des Wassers gerötet war. Meine Lippen wirkten fast zu prall in der Wärme des Raums und meine Augen schienen mir noch immer leicht benetzt von Tränen entgegen. Ich hatte mich nie hübsch gefunden und tat es auch jetzt nicht, doch immer wenn Carlie mich *Hübsche* nannte oder mir schrieb, bekam ich ein Flattern im Bauch, das einem Schwarm Schmetterlinge entsprach.

Ein Weilchen betrachtete ich mein Spiegelbild, auch wenn ich nicht wusste, worauf ich wartete. Darauf, dass die Welt aufhörte sich zu drehen und ich Carlie früher kennengelernt hätte - als meine Mutter noch bei mir gewesen war? Ich konnte mir nicht vorstellen, zu meinem Vater zu gehen und ihm zu sagen, dass ich mich in eine Frau verliebt hatte. Er hatte nichts gegen Homosexualität, zumindest nicht, soweit ich wusste, und doch machte mir der Gedanke an seine Reaktion Bauchschmerzen. Wir hatten nie wirklich offen über Gefühle gesprochen; es war immer meine Mama gewesen, mit der ich geredet hatte oder meine Schwester, als sie noch mehr meine Schwester gewesen war. Jetzt war sie nur eine Frau, die ab und an zu Besuch kam, allerdings von einer echten Schwester nichts mehr hatte. Da machte die Entschuldigungsnachricht keinen Unterschied. Ich konnte ihr nicht einfach vergeben, dass sie uns sitzengelassen hatte. Dass sie gegangen war und sich nicht einmal von unserer Mutter verabschiedet hatte.

Am liebsten hätte ich meine Hand zur Faust geballt und den Spiegel vor mir kurz und klein geschlagen, doch es brachte nichts.

Ich hatte meine Familie verloren an dem Tag, als meine Mutter mich verlassen hatte, und ich würde sie nie mehr zurückbekommen. Tränen liefen mir wieder die Wangen hinab und ich flüsterte leise: »Ich vermisse dich, Mama.«

Dann lehnte ich mich gegen den Spiegel und die Kühle des Gegenstands schien ein wenig Hitze aus meinem Körper zu ziehen, doch es war nicht genug. Ich brannte noch immer vor Trauer, so sehr, als wäre ich eine Kerze und jemand hätte vergessen, mich auszublasen. Stattdessen litt ich vor mich hin und verlor mich selbst immer mehr, immer mehr meines Wachses, meines Körpers, bis ich sicher war, dass nur ein Docht übrig war.

Nachdem ich mich ein wenig gesammelt hatte, verließ ich das Badezimmer. Ich freute mich darauf, heute Zeit mit meinem Vater zu verbringen, und wollte ihn erst nach seinen Arbeitszeiten für die kommende Woche fragen, bevor ich Carlie einen Terminvorschlag für unser nächstes Treffen gab.

Ich tapste in die Küche und wollte gerade nach meinem Vater rufen, als ich einen Zettel auf der Anrichte liegen sah.

Alice, ich muss die Schicht eines Kollegen übernehmen.

Kein Wort davon, dass wir eigentlich Zeit miteinander verbringen wollten. Keine Entschuldigung. Nichts. Ganz tief in mir wusste ich, dass er es nicht böse meinte und trotzdem hätte ich schon zum zweiten Mal an diesem Morgen um mich schlagen können. Die Erkenntnis, dass ich niemanden mehr hatte, der mich verstand und wusste, wie ich tickte, schnürte mir die Luft ab. Ich konnte kaum mehr atmen und ein Schauer lief durch meinen Körper, der ihn zittern ließ. Diese Momente ließen mich daran zweifeln, dass ich jemals wieder glücklich sein konnte.

Vielleicht wäre es besser, ich wäre einfach nicht mehr hier. Vielleicht sollte ich verschwinden und wenn manche Religionen recht hatten, würde ich meine Mutter wiedersehen.

Just in diesem Moment piepte mein Handy und ich sog scharf die Luft ein. Als hätte mich die Realität aus meinen dunklen Gedanken geholt, zog ich das Handy aus der hinteren Hosentasche und entsperrte es.

Hey Alice. Sorry, dass ich nochmal schreibe. Aber ich gehe jetzt frühstücken ins Café Roland. Willst du mit?

Ich starrte für ein paar Sekunden unbeweglich auf den Screen. Carlie hatte mir noch einmal geschrieben und das in meinem dunkelsten Moment.

Meine Schwester hätte nun etwas von Seelenverwandtschaft und das Wissen um den anderen geredet, doch daran hatte ich noch nie geglaubt. Zumindest bis jetzt … Ohne nachzudenken und mit leicht zitternden Fingern, schrieb ich ihr zurück:

Hi Carlie! Sehr gern, ich mache mich gleich auf den Weg.

Schnell schnappte ich mir meine Schlüssel, warf den Zettel meines Vaters in den Müll und streifte die Winterjacke meiner Mutter über.

Ich kannte das Café und wusste, wo es lag, auch wenn ich noch nie drin gewesen war. Es lag direkt an dem kleinen Fluss, der am Stadtrand floss und im Sommer saßen viele Besucher draußen und genossen ihre Heißgetränke in der Sonne. Ich hoffte, dass es innen ein kuscheliges kleines Café war und eilte die Straße hinunter.

Es schneite nicht und die Kälte war nicht zu schneidend, sodass ich mich entschied, zum Café zu laufen. Es dürfte nur zwanzig Minuten dauern und wenn ich Carlie richtig verstanden hatte, war sie auch noch nicht dort. Ich hasste es, Menschen warten zu lassen. Doch gerade brauchte ich etwas frische Luft.

Der Sonntag war in der Stadt zu spüren wie

eine Decke, die sich über sie gelegt hatte. Alles schlief und die sonst gefüllten Läden, lagen da, als hätten sie noch nie ein menschliches Wesen gesehen. Egal welches Geschäft ich passierte, alles schlief. Nur ein paar Menschen begegneten mir und alle hielten den Blick auf den Boden gesenkt, als hätten sie Angst, jemand könnte sie ansprechen. Ich verstand es, denn wer wollte schon Small Talk halten? Aber manchmal fragte ich mich, ob die Stadt nicht die Seelen fraß. Menschen war egal, wie es anderen ging und schon ein Blick war meist zu viel. Wie viel Liebe ging wohl in der Stadt verloren?

Ich schüttelte den Kopf und damit die Gedanken aus ihm hinaus. Ich neigte dazu, mir über die Welt den Kopf zu zerbrechen, wenn ich nervös war, und meist zog es mich hinab, wie ein Stein in einem Gewässer sank. Aber ich wollte nicht unglücklich sein, denn in wenigen Minuten würde ich Carlie wiedersehen. Vielleicht würden wir uns wieder küssen. Doch was, wenn sie in dem öffentlichen Café knutschen wollte? Würde ich es tun oder würde ich sie abweisen? Beide Optionen machten mir Bauchschmerzen, auch wenn es eine Ehre wäre, mit Carlie zusammen zu sein, und ich sie nie würde verleugnen wollen. Aber ich war mir selbst noch nicht sicher, was ich ... war; wie konnte ich mich dann in der Öffentlichkeit zeigen? Und was, wenn Carlie sich für mich schämte und gar nicht wollte, dass uns je jemand zusammen sah? Dann hätte sie mich doch nicht gefragt, ob ich sie in dem Café treffen wollte?

Meine Gedanken schlugen Purzelbäume und ich konnte sie kaum stoppen. Manchmal wünschte ich mir, ich könnte ihnen einfach den Stöpsel ziehen. Meine Mutter hatte immer gesagt, dass es keinen Sinn machte, sich zu viele Gedanken zu machen, doch das war schon immer mein Problem gewesen. Ich liebte und hasste die eine Frage - *Was wäre wenn ...?* - fast zu sehr und war schon immer verkopft gewesen.

Zum Glück war ich nur noch einige Meter

vom Café entfernt und stoppte meine Gedanken durch tiefe Atemzüge. Ich wollte nicht die Stimmung zwischen Carlie und mir vermiesen, egal, was heute passieren würde.

Ich kam vor dem Café zum Stehen und schaute mich um. Von Carlie war noch nichts zu sehen, doch sie würde sicher bald kommen. Die Kälte hatte sich nach einigen Minuten in der Stadt nun doch durch den Mantel gefressen und trotzdem fror ich nicht. Es war, als hätte mein Körper genug Wärme gespeichert, um sich gegen die eisige Kälte zu stellen.

Urplötzlich legte sich etwas über meine Augen und ich hätte fast vor Schreck geschrien. »Buh!«, hörte ich von hinten und wirbelte herum. Carlie stand in ihrem schönen schwarzen Mantel aus Fleece da und nahm gerade ihre Hände von meinen Lidern. Der Schreck musste mir ins Gesicht geschrieben stehen, denn sie lächelte entschuldigend. »Sorry, Alice. Ich wollte dich nicht erschrecken.«

Ich lächelte zurück und mein Puls beruhigte sich langsam, doch er schlug weiterhin wie ein Pendel, denn Carlies Anblick war atemberaubend. Ihre dunkelbraunen Haare mit den bunten Spitzen umrahmten ihr volles Gesicht, das in Zusammenspiel mit ihrer rötlichen Brille hinreißend aussah. Ihr Körper steckte nicht nur in einer dicken Jacke, sondern auch in einer schwarzen Jeans und denselben Stiefeln, die sie schon den Abend zuvor getragen hatte.

Erst nach einigen Momenten fiel mir auf, dass ich sie nur anstarrte, aber noch immer nicht geantwortet hatte. Wahrscheinlich lief ich trotz der Kälte knallrot an und stotterte: »Alles gut.«

Carlie begann zu lachen und ihr schallendes Gelächter schien die Welt zu erhellen. Plötzlich wirkte die Stadt nicht mehr tot, sondern so lebendig wie eine Blumenwiese im Frühling. Am liebsten hätte ich das Geräusch aufgenommen und andauernd abgespielt, um es nie wieder missen zu müssen.

Nach einiger Zeit beruhigte sie sich und wischte sich die Lachtränen aus den Augen. »Gott, du bist so süß«, meinte sie nur und ich war mir sicher, dass ich glühte, als hätte ich einen starken Sonnenbrand.

»Lass uns reingehen«, beschloss Carlie, ohne auf meine Antwort zu warten, und ich nickte. Vergessen waren mein Vater und meine Schwester, denn in diesem Moment zählte nur Carlie, wie sie mir die Tür aufhielt. »Danke«, murmelte ich etwas verlegen und ihr Grinsen wurde noch breiter.

Innen wartete ein Kellner und zeigte uns einen Tisch, an dem wir uns niederlassen konnten. »Im Nebenraum finden Sie das Buffet und ihre warmen Getränke bringe ich Ihnen zum Tisch. Was wünschen Sie?«

Carlie bestellte eine heiße Schokolade und ich einen Cappuccino. Ich liebte die Kaffeegetränke und könnte mich sprichwörtlich hineinlegen, besonders weil ich den Cappuccino mit einer Extraportion Sahne orderte.

»Komm, wir holen uns Essen«, meinte Carlie und bedeutete mir, wieder aufzustehen und ihr zu folgen. Als wir in den Nebenraum kamen, konnte ich nicht anders, als zu staunen: In der Mitte des Raumes war ein großer, ovaler Tisch aufgebaut, der mindestens acht Meter Länge maß und gefüllt war mit allen Leckereien, die man sich nur vorstellen konnte. Dazu gab es Tische, auf denen Backwaren präsentiert wurden, wie auch Säfte und Warmhalteplatten für Ei. Alles sah köstlich aus.

»Wow«, brachte ich hervor und Carlie nahm meine Hand, um mich an den großen Tisch zu ziehen. »Nimm dir alles, was du willst. Hier kann man auch mehrere Male gehen und Essen holen.« Ich hörte ihre Worte, doch ich konzentrierte mich nicht auf sie. Stattdessen spürte ich ihre Hand in meiner, als wäre sie ein Schatz, den es zu beschützen galt. Am liebsten hätte ich ihre nie wieder losgelassen, aber so spontan, wie sie meine genommen hatte, ließ sie sie wieder los und griff nach zwei vorgewärmten Tellern. Eilig stürzten wir uns auf das Essen.

Am Ende der ersten Runde war mein Teller prall gefüllt mit einer Schüssel voll Müsli, zwei Brötchen, Nutellapackungen, Käse, Butter und Ei. Am liebsten hätte ich noch mehr auf ihn geladen, doch etwas wollte ich mir für die nächste Runde aufheben. Ich balancierte den vollen Teller in meiner Hand und lief zu unserem Tisch, Carlie nur ein paar Schritte hinter mir. Auch sie hatte den Teller vollgepackt und grinste wie ein Honigkuchenpferd.

Ich liebte diesen Ausdruck auf ihrem Gesicht, wie ein Kind ihn trug, dem man das Lieblingsspielzeug in die Hand drückte. Wir setzten uns und zu unserer Entzückung stellten wir fest, dass die Heißgetränke schon auf dem Tisch standen.

»So lässt es sich leben, oder, Hübsche?«, fragte Carlie und tauchte ihre Gabel in luftiges Rührei und schob es sich in den Mund. Immer wenn sie mich so nannte, wurde ich so schüchtern wie ein Erstklässler am ersten Schultag und nickte nur. Carlie nahm einen Schluck der heißen Schokolade und obwohl ich Schluckgeräusche hasste, liebte ich sie bei ihr. Es war so schön, zu sehen, wie sie sich stärkte. Ich wusste, dass das komisch klang, aber ich wollte, dass sie glücklich war. Satt gehörte zu dem Wort glücklich für mich einfach dazu.

Eine Frage brannte schon zu lange in meinem Kopf, doch ich wollte sie nicht überfallen. Es ging mich eigentlich nichts an und doch siegte meine Neugierde. »Du hast gesagt, dass du einen Freund auf dem Friedhof besucht hast. Was ist mit ihm passiert?«

Ich sah, wie ihr für einen Moment das Gesicht gefror und am liebsten hätte ich die Frage zurückgenommen. Anscheinend war es ein heikles Thema und ich hatte Angst, dass sie schlicht aufspringen und mich sitzen lassen würde. Doch es war anders.

Carlies Kiefer spannte sich an und für einen

Moment sah ich eine unbekannte Emotion in ihrem Körper aufflammen. Es war, als würde sie plötzlich in einem anderen Licht erscheinen und sie ballte ihre Hände zu Fäusten. Fast wollte ich um den Tisch herum gehen und ihr den ganzen Schmerz aus ihrem Körper ziehen, wie mit einer großen Spritze.

Für einige Minuten war es still am Tisch und keiner von uns aß. Ich wollte abwarten, mich entschuldigen, doch ich brachte nichts über die Lippen. Ich hätte wissen sollen, dass es ein Thema war, das man nicht so mir nichts, dir nichts ansprach. Erst als ich drauf und dran war, doch meinen Mut zusammenzunehmen und zu sprechen, kam sie mir zuvor: »Es ist kompliziert. Ich erkläre es dir wann anders.« Noch immer sprach sie durch zusammengebissene Zähne und ich beschloss, auf den Zug aufzuspringen. Plötzlich erkannte ich die selbstbewusste Frau, die mir auf dem Friedhof begegnet war, nicht wieder. Es war, als wirkte sie plötzlich viel verletzlicher und ich wollte sie im Arm halten;

sie streicheln und ihr sagen, dass ich alles tun würde, um sie zu beschützen. Noch nie war der Drang, jemanden anzufassen in mir so stark gewesen und ich streckte die Arme über den Tisch und griff ihre Hände. Sie waren warm und während ich über ihre Handrücken strich, entspannte sie sich langsam. Was musste sie schon durchgemacht haben, dass sie auf diese eine Frage so reagierte?

»Es tut mir leid«, meinte sie nach einiger Zeit und mied meinen Blick, »es gibt manche Themen, die bringen mich aus der Fassung.« Ich presste meine Hände noch stärker auf ihre, aber nicht, ohne die Sanftheit zu behalten. »Das ist doch normal, du musst es mir nicht erzählen. Es war doof von mir zu fragen, bitte entschuldige.«

Erst jetzt schaute sie mir in die Augen und ich sah so viel in ihren geweiteten Pupillen. Angst, Scham und vor allem eines: Unsicherheit. Ich wollte sie auffangen und ihr sagen, dass alles in Ordnung war und sie sich nie wieder so fühlen musste, doch wer war ich, ihr das zu sagen? Wir kannten uns ja kaum und hatten uns erst einmal geküsst, auch wenn es der beste Kuss meines Lebens gewesen war.

»Komm, wir essen weiter«, meinte sie nur und entzog mir ihre Hände, um Messer und Gabel aufzuheben, die sie neben den Teller abgelegt hatte. Ich tat es ihr gleich und wir aßen in Schweigen. Ich hätte mich am liebsten dafür geschlagen, dass ich ihr diese viel zu persönliche Frage gestellt hatte, und beschloss, die Stimmung aufzuhellen – oder es zumindest zu versuchen. »Was ist eigentlich dein Lieblingsessen?«, fragte ich und biss in ein Nutellabrötchen. Ihr jetzt scheuer Blick traf meinen und fast konnte ich die Dankbarkeit für den Themenwechsel in ihnen funkeln sehen. Carlie schluckte einmal schwer und antwortete dann: »Ich mag süße Gebäcke zum Frühstück und sonst esse ich gern Kekse oder auch vor allem Selbstgekochtes. Ich liebe es, zu kochen.«

Ich grinste sie an und auf ihr Gesicht stahl

sich ein nervöses Lächeln, fast, als hätte sie einen Sturm erwartet und was sie bekam, war ein Regenbogen. »Ich auch«, sagte ich enthusiastisch und war froh, dass sie wieder gesprochen hatte. »Wir können ja mal zusammen kochen, wenn du möchtest.« Jetzt war sie es, die grinste und nickte. »Sehr gern, Süße.«

Für einen Augenblick schauten wir einander in die Augen. Tief in die Augen. Und am liebsten hätte ich niemals wieder aufgehört. Es war, als kommunizierten ihre Pupillen mit meinen und das in einer Sprache, die nur wir beide verstanden.

Just in diesem Augenblick kam der Kellner wieder an unseren Tisch: »Wünschen Sie noch etwas, die Damen?«, fragte er und schaute dabei mich an. Ich erwiderte seinen Blick nicht, sondern nahm die Augen nicht für eine Sekunde von Carlie. Sie allerdings funkelte ihn an, als wollte sie ihm Gift geben. »Nein, danke«, meinte sie fast schnippisch und er trollte sich ohne ein weiteres Wort.

Was hatte sie plötzlich mit ihm?

Carlie nickte ohne eine Erklärung in Richtung unserer Teller: »Komm, wir wollen doch nicht hungrig rausgehen.« Ich wusste, dass sie versuchte, zu witzeln, doch ich konnte hinter ihre Worte blicken. Ihre Gedanken waren woanders und doch wollte ich alles versuchen, sie abzulenken. Keine weitere Minute wollte ich sie im Griff dieser Unsicherheit und Angst sehen.

Ich nahm einen weiteren Bissen des Brötchens und legte dann etwas Ei auf die Nussnougatcreme. »Ihh«, meinte Carlie und schaute angeekelt auf meine Kreation.

»Hey, ich hatte schon mal Pommes Frites mit Nutella. Das schmeckt auch super!«

Sie machte ein Gesicht, als hätte ich ihr Baldrian in den Mund getropft und ich brach in Lachen aus. »Okay, okay.« Nun lachte auch sie. »Wir kochen zusammen, aber nur, wenn du nicht auf irgendwas davon Nutella schmierst.«

»Deal.« Mit einem Mal war die Stimmung

zwischen uns eine andere. Wir hatten die Leichtigkeit zurück, die ich mit ihr so liebte und auch als wir ein weiteres Mal in den Nebenraum gingen, um danach unsere Bäuche zum Bersten zu füllen, nahm sie meine Hand und ich wünschte mir, der Gang würde eine Ewigkeit dauern.

Erst gegen zwölf waren wir fertig mit dem Frühstück und ich fühlte mich wie eine Kugel, die man aus dem Café rollen musste. »Das sollten wir jeden Sonntag machen«, meinte ich und wir traten hinaus auf den kalten Asphalt der Straße. Die Wärme des Cafés hüllte uns noch für einige Momente ein, ehe die Kälte sie fraß und sich an uns heftete wie alter Kaugummi.

»Es war echt schön.« Ich schaute in Carlies Augen, deren Ausdruck wieder sanft und liebevoll war. »Fand ich auch.«

Die verunsicherte, ängstliche Frau von zuvor war wie vergessen und ich war froh, die Carlie zurückzuhaben, die ich so mochte. Ohne darüber nachzudenken, stellte ich die Frage, die ich schon seit Minuten in meinem Kopf vor mich hin sagte. Bisher hatte ich mich nicht getraut, meine Stimmbänder zu belasten. Ich räusperte mich und die Worte verließen fast gehetzt meinen Mund: »Wollen wir vielleicht in der kommenden Woche zusammen kochen?«

Mein Vater würde höchstwahrscheinlich bei der Arbeit sein und meine Schwester ließ sich eh nicht mehr blicken. Warum also sollte ich allein in einer verlassenen Wohnung sitzen?

Carlie griff nach meiner rechten Hand und drückte sie zärtlich. Dann beugte sie sich vor und zog mich in demselben Moment näher an sich. Bevor ich verstand, was geschah, lagen ihre Lippen schon auf meinen. Es war ein wunderschönes Gefühl, wie sie sich mit mir bewegte, als hätten wir diesen Tanz einstudiert. Sanft zog sie meine Unterlippe zwischen ihre Zähne und am liebsten hätte ich geseufzt, weil es sich so gut anfühlte. Auch wenn mein Kopf nicht klar denken konnte, folgte ich meinen Wünschen blind und legte sanft die Arme um sie. Ich griff in ihren Nacken und legte die andere Hand an ihre Wange, um ihre Bewegungen noch besser einfangen zu können. Sie wurde mutiger und legte eine Hand an meine Hüfte und strich mir dabei die Schulter hinab. Der Kuss hätte Jahre dauern können und hätte doch noch zu früh geendet. Doch als ich spürte, dass ich kaum mehr Sauerstoff in meinen Lungen hatte, beendeten wir den Kuss. Ich keuchte, als wäre ich einen Marathon gelaufen und Carlie grinste süffisant: »Atmen, Baby.«

Das Wort *Baby* war wie eine Liebkosung aus ihrem Mund und ich konnte nicht anders, als sie noch einmal an mich zu ziehen und unsere Lippen aufeinanderzupressen. Ihr Körper, ihr Duft nach Kirschen – alles an ihr war betörend und selbst ihre Lippen waren butterweich. Ihr schien es nichts auszumachen, dass Gott und die Welt uns beobachten konnte. Ich dachte ebenfalls nicht darüber nach; es zählte nur Carlie.

Merkwürdigerweise wusste ich, dass meine Mutter in genau diesem Moment glücklich wäre, denn Carlie nahm einen Teil meines gebrochenen Herzens und klebte ihn wieder zusammen. Ich war sicher, dass meine Mama jetzt lächeln und sagen würde, dass sie stolz auf mich war. Genau dies ließ mich den Kuss noch intensivieren, bis ich nicht mehr wusste, ob ich mich je wieder von Carlie würde lösen können.

Immer noch leichtfüßig und als hätte Carlie mir mit ihrem Mund neuen Lebensmut in den Körper gehaucht, öffnete ich die Haustüre und trat in unsere Wohnung. Carlie hatte mir versprochen, sich sofort zu melden, wenn sie wusste, wie sie in der kommenden Woche Schicht hatte, damit wir Zeit miteinander verbringen konnten. Ich hatte geregelte Arbeitszeiten – von sieben bis fünf von Montag bis Freitag – und ich hätte in diesem Moment viel dafür gegeben, wenn Carlies Arbeitszeiten sich mit meinen decken würden, damit wir jede freie Minute beieinander sein konnten.

Klar, ich kannte sie noch nicht allzu lange,

aber meinem Körper war das egal. Ich wollte sie in meiner Nähe, wie eine Droge, von der ich nicht mehr loskam und jetzt, da ich die Schuhe auszog und in die leere Wohnung starrte, wünschte ich, ich hätte sie zu mir nach Hause eingeladen. Aber ich hatte keinen falschen Eindruck machen wollen. Es hätte geklungen, als wöllte ich sie nur ins Bett kriegen …

Mein Atem stockte und ich kapierte erst jetzt, dass ich das wirklich wollte. Dass ich wollte, dass sie bei mir war, mir nahe war, und nie mehr ging.

Ich bin bisexuell oder lesbisch, meinte eine Stimme in meinem Kopf und wahrscheinlich hatte sie recht. Ich hatte mich so dagegen gewehrt und wusste noch nicht einmal, wieso. Ich war glücklich bei Carlie, warum also sollte ich mich dafür schämen? Nur, weil es von der Gesellschaft nicht als *gewöhnlich* oder *normal* betrachtet wurde? Wen interessierte das?

Fast hätte ich einen Satz gemacht und meinen Kopf an unserer Kommode angeschlagen, als ich jemanden durch die Tür kommen hörte. Das Rattern des Schlüssels im Schloss hatte mich zu Tode erschreckt und als meine Schwester hereinkam, hätte ich am liebsten etwas nach ihr geworfen.

»Alice, ich habe mir Sorgen gemacht«, blaffte sie mich an, noch bevor sie ihre Jacke auszog.

Meine Schwester und ich sahen uns nicht ähnlich und wäre ich nicht mit ihr aufgewachsen, wäre ich der Überzeugung, dass wir nicht verwandt waren. Erst jetzt bemerkte ich, dass ich auf ihre Nachricht nicht geantwortet hatte, doch wenn ich ehrlich war, tat es mir nicht einmal leid. Ich war meiner Schwester nichts schuldig und wenn sie noch immer nicht verstand, was sie meiner Mutter und mir mit ihrem Verhalten angetan hatte, dann konnte sie bleiben, wo der Pfeffer wächst.

»Willst du nichts dazu sagen?«, herrschte Zoe mich an und ihre Augen sprühten Funken. Ihr breiter Körper war noch immer in die hässliche grüne Jacke gehüllt, die ich nicht ausstehen konnte, und ihre Overknees machten den Look perfekt. Sie war das genaue Gegenteil von mir.

»Warum sollte ich?«, fragte ich in einem gespielt neutralen Tonfall und hoffte, dass es ihr so weh tat, wie sie mir weh getan hatte. Normalerweise war ich kein Mensch, der Hass lange mit sich herumtrug, doch bei ihr entdeckte ich neue Qualitäten an mir, die mir nüchtern betrachtet so gar nicht gefielen.

Sie stampfte mit dem Fuß auf und ihre Stiefel quietschten, als wollte sie den Boden unter sich beben lassen. »Warum du solltest?! Ich bin deine Schwester, verdammt nochmal!«

Ich blieb weiterhin ruhig und verbuchte es als gutes Zeichen, dass sie noch immer nicht die Jacke abgestreift hatte. Sie hatte sicher nur vorbeischauen wollen, um zu sehen, ob ich noch lebte. Sonst würde mein Vater ihr für den Rest ihres Lebens Vorwürfe machen. Doch wahre Sorge steckte nicht dahinter, da war ich sicher. Zum wiederholten Male dachte ich daran, wie ich meine Familie noch vor einigen Wochen beschrieben hatte: *Obwohl sich mein Vater und meine Schwester gerade nicht so benahmen, wie ich es gerne hätte, waren wir eine Familie.* Dies lag wohl genauso in der Vergangenheit wie das Lächeln meiner Mutter, das ich so sehr vermisste.

»Es interessiert dich doch sonst auch nicht«, meinte ich wahrheitsgemäß und lief in die Küche. Ich erwartete, dass sie mir folgte, doch ich hörte keine Schritte hinter mir. Für einige Atemzüge war es still in der Wohnung, dann sprach Zoe, nein, sie schrie schon fast vom Gang: »Wenn du mit Mamas Tod nicht umgehen kannst, dann ist das dein Problem, aber lass Papa und mich aus diesem Scheiß raus!«

Ich hasste es, wenn jemand schrie, doch ihre Worte machten mich so wütend, dass ich mich selbst kaum wiedererkannte: »Hau ab! Du hast dich nicht eine Minute um Mama gekümmert! Sie und ich sind dir scheißegal. Also hau ab, ich will dich nie wiedersehen!«

Fast hätten sich zu meinen Worten Tränen gemischt, die ich meist vor Wut vergoss, doch sie schienen Angst vor meinen Worten zu haben, denn sie hielten sich zurück und liefen mir nicht über die Wangen. Ich konnte Zoes Blick nicht sehen, da ich noch immer in der Küche stand und sie im Gang, doch ich wollte mich keinen Millimeter in ihre Richtung bewegen. Ich hatte es satt, wie sie mich behandelte.

Anstatt einer Antwort hörte ich nur, wie die Eingangstür knallte und sie die Treppen im Flur hinabpolterte. Ich atmete erleichtert aus und war froh, dass sie endlich weg war. Obwohl meine Worte hart gewesen waren, sie hatten schon so lange in mir gebrannt, dass es eine Erleichterung war, dass sie jetzt die Wahrheit kannte. Die erwartete Reue stellte sich nicht ein und für einen Augenblick fragte ich mich, ob ich ein schlechter Mensch geworden war. Ob meine Mutter all die Liebe in mir mit sich genommen hatte und ich nur noch eine Hülle war, die existierte. Doch das konnte nicht sein, denn Carlie war der Gegenbeweis. Sie brachte mich zum Lachen und ließ mich zu dem zärtlichsten Menschen werden, weil ich nicht ertragen könnte, wenn ihr etwas passierte.

Fast schon erschöpft von der Auseinandersetzung mit meiner Schwester ließ ich mich auf einen der Küchenstühle fallen und legte den Kopf in die Hände. Den Zuspruch, den ich mit Sicherheit bei der Wahl der Partnerin von meiner Mutter gehabt hätte, würde bei meiner Schwester fehlen. Mama hatte sich immer gewünscht, dass wir uns vertrugen, obwohl wir so unterschiedlich waren. Sie war harmoniebedürftig gewesen und hatte dies an mich vererbt, doch die Wut in mir war im Moment größer. Ob es in Wahrheit Trauer war oder unverarbeiteter Ärger, konnte ich nicht genau sagen; im Grunde war es mir egal.

Ich seufzte und stand auf, um mir ein Glas Wasser zu holen. Erst dann bemerkte ich den Zettel, der wie so häufig auf der Anrichte lag:

Alice, ich habe diese Woche Spätdienst. Sorry, heute auch.

Immerhin hatte er sich an einer Entschuldigung versucht, doch sie war mir nicht genug – wie so häufig. Ich war ein Mensch, keine Maschine, die man mit einem Befehl ruhig stellen konnte. In diesem Moment realisierte ich, dass ich wohl alle Abende in der kommenden Woche allein in der Wohnung sein würde. Bei dem Gedanken daran breitete sich paradoxerweise Wärme in meinem Körper aus und ich zog mein Handy aus der Hosentasche. Schnell tippte ich auf Carlies Namen und begann zu schreiben:

Hi, Carlie. Ich hatte viel Spaß heute. Ich habe die ganze Woche Zeit, also wenn du mal abends zum Kochen vorbeikommen möchtest ...? LG, Alice

Warum ich unter jede Nachricht an sie

immer meinen Namen setzte, wusste ich nicht. Wahrscheinlich, damit sie verstand, dass ich es ehrlich meinte, und wollte, dass sie sah, dass mein Herz in den Worten lag. Dann sperrte ich den Bildschirm wieder, legte das Handy auf die Anrichte und griff endlich nach einem Glas, in das ich Wasser füllte. Ein Klingeln ließ mich die Augen von meinem Wasserglas nehmen. Als ich Carlies Namen sah, wäre ich fast in die Höhe gehüpft wie ein Flummi.

Hey, Alice. Ich hatte auch viel Spaß. ;-) Ich habe geschaut und kann am Donnerstag gern zum Kochen kommen. Ich habe den Freitag frei und am Donnerstag nur die Frühschicht. Passt das für dich?

Ich starrte auf ihre Worte und genoss das Gefühl, dass jemand bei mir sein wollte, dass es jemanden gab, dem ich nicht egal war, sondern der meine Nähe genoss. Vor unserem Treffen hatte ich keine Ahnung gehabt, dass

Konditoren auch Früh- und Spätdienst hatten. Aber klar, jemand musste putzen und Teige vorbereiten, da machte es schon Sinn.

Schnell schrieb ich zurück, dass es passte und wir verabredeten uns für Donnerstag, achtzehn Uhr dreißig in meiner Wohnung. Den ganzen Tag sah ich Herzchen um mich herumfliegen, wie in einem dummen Kitschfilm, die die Realität meiner Familie in den Hintergrund rücken ließ. Ich hatte etwas, worauf ich mich freuen konnte und das machte mich mehr als glücklich. Ich hatte meiner Mutter am Ende des Tages viel auf Papier zu erzählen und schrieb bis weit nach Mitternacht.

Kapitel 8

Am Donnerstag stand ich früh auf und eilte zur Arbeit - beflügelt von den Gedanken an den kommenden Abend. Am liebsten hätte ich meine Freude herausgeschrien, auch wenn Carlie noch immer ein kleines Mysterium für mich war. Warum hatte sie so stark auf meine Frage am Sonntag reagiert? Und was, wenn ich sie damit wirklich verletzt hatte? Hätte sie mich dann überhaupt nochmal treffen wollen? Nein, sie trug es mir sicher nicht nach, oder?

Ich kam am Tierheim an und versuchte gerade, den unliebsamen Gedanken abzuschütteln, indem ich Hundefutter in einen Eimer füllte, als Beth hereinkam.

»Guten Morgen, Alice«, sagte sie und lächelte mich an. Ich grüßte sie zurück und zusammen trugen wir die Eimer an die Käfige und kraulten die Hunde, die uns schwanzwedelnd entgegenkamen.

»Du siehst heute so glücklich aus«, meinte Beth und ich sah, wie sie nur Sekunden später realisierte, was sie gesagt hatte. »Ich meine ... den Umständen entsprechend ... Ich meine nicht, dass du nicht trauerst ...«

Sie redete sich fast um Kopf und Kragen, doch heute war ich nicht so empfindlich, wie ich es an einem anderen Tag gewesen wäre. »Schon gut«, meinte ich nur und Beth schien so überrascht über meine Reaktion wie ich selbst.

Wir unterhielten uns über alles Mögliche und nicht zum ersten Mal dachte ich daran, ihr von Carlie zu erzählen, doch ich konnte ihre Reaktion nicht abschätzen. Würde sie sich freuen? Es unnatürlich finden oder mich sogar beschimpfen? Wenn man den Social Media – Kanälen glaubte, gab es die unterschiedlichsten Reaktionen auf Homosexualität und ich hatte keine Lust, verurteilt zu werden. Schon gar nicht, da Carlie noch nicht meine Freundin war ... das glaubte ich zumindest. *Meine Freundin*. Der Klang dieser zwei Worte war unbeschreiblich und ich hoffte, dass der kommende Abend uns nicht entzweien, sondern näher zusammenbringen würde. Ich würde nicht wieder ein sensibles Thema ansprechen und beschloss, meine Neugier hinten anzustellen und ihr die Zeit zu geben, die sie brauchte. Vielleicht würde sie nach einer Weile freiwillig mit mir darüber sprechen. Das hoffte ich zumindest.

Je näher die digitale Anzeige der Uhr an der Wand an die 17 kam, desto nervöser wurde ich. Die letzten vier Tage hatte ich damit verbracht, die Wohnung zu putzen und sie auf Vordermann zu bringen, allein das Zimmer meiner Eltern – eigentlich das meiner Mutter – konnte ich nicht betreten. Ich brachte es einfach nicht über mich. Meinen Vater hatte ich nur am Dienstagmorgen gesehen und meine Schwester hatte mir seit unserem Streit keine Nachricht mehr geschickt, geschweige denn war sie nochmals aufgetaucht. Ich hatte ihr ehemaliges Zimmer gesaugt, das mir vorkam, wie ein Schrein an ihre Jugend. Alles, was sie als Kind oder Teenager besessen hatte, war darin gestapelt, aber man fand nichts mehr, was sie heute noch trug oder benutzte. Das war alles bei ihrem Freund. Am liebsten hätte ich einige ihrer alten Spielsachen auf den Boden geworfen und wäre darauf herumgetrampelt, doch ich hatte es nicht über mich gebracht. Zu viele Erinnerungen hingen an ihnen – auch für mich.

Der Zeiger meiner Armbanduhr rutschte auf die Zwölf und der kleine schoss auf die Fünf. Endlich Feierabend. Wie von der Tarantel gestochen zog ich meine Arbeitskleidung aus, loggte mich aus dem Mitarbeitersystem aus und rief Beth ein »Hab einen schönen Abend« entgegen, ehe ich nach draußen zu meinem Opel Corsa rannte.

Ich musste noch einkaufen, weil ich wollte, dass alle Lebensmittel für heute Abend frisch waren, und so bretterte ich durch die Stadt und hoffte, mein Lieblingssupermarkt war nicht zu voll. Zu meinem Glück waren die meisten Menschen wohl nicht daran interessiert, an einem Donnerstagabend einkaufen zu gehen, denn der Parkplatz war erstaunlich leer. Schnell zückte ich mein Smartphone und öffnete die Liste mit Lebensmitteln, die mich Carlie gebeten hatte, zu kaufen. Sie brachte den Nachtisch mit und hatte ein tolles Rezept für den Hauptgang geplant. Eilig holte ich einen Einkaufswagen und düste los. Limonade, Käse, frisches Gemüse, Salat, Couscous, Bohnen und eine Flasche Minzsirup. Ich huschte an die Kasse, bezahlte und lud alles in meinen Kofferraum. Zufrieden stellte ich fest, dass ich noch eine Dreiviertelstunde hatte, um nach Hause zu fahren und alles zu verstauen. Dennoch beeilte ich mich und fuhr mit den schweren Einkaufstaschen mit dem Aufzug in die Etage unserer Wohnung. In der Küche angekommen, packte ich aus und putzte den Salat, wie auch das Gemüse. So mussten wir uns später nicht damit rumschlagen. Dann zog ich mich um – eine dunkle Jeans, ein lachsfarbenes Top und eine schwarze Strickjacke, dann war ich bereit.

Es waren noch fünf Minuten bis halb sieben und ich fühlte mich, als würde ich auf die Queen warten, der ich ein perfektes Mahl servieren wollte, so nervös war ich.

Punkt achtzehn Uhr dreißig klingelte es an der Tür und ich drückte auf den Schalter, der die untere Eingangstür öffnete. Nur wenige Sekunden und sie wäre bei mir in der Wohnung. Wie wir uns wohl begrüßen würden?

Meine Hände begannen trotz der Kälte draußen zu schwitzen, und ich hüpfte von einem Fuß auf den anderen.

Dann sah ich sie: Carlie trug ihre Haare offen und ihr Körper war in eine rote Bluse gehüllt, die sich nicht mit dem Farbton ihrer Dip Dyes biss. Eine helle Jeans trug sie leger über den breiten Hüften und sie trug ein anderes Paar Stiefel als zu den letzten beiden Treffen. Am besten allerdings war ihr Blick, als sie mich sah. Es war, als würden ihre Augen zum ersten Mal Licht sehen, und ihre Pupillen gewöhnten sich nur langsam daran. Dieser

Ausdruck brachte mich dazu, ihr entgegenzulaufen und die Arme um sie zu schlingen – doch sie hatte andere Pläne. Sanft schob sie mich ein wenig von sich weg, damit sie in mein Gesicht blicken konnte, und presste ihre Lippen auf meine. Ich hätte mir keine schönere Begrüßung wünschen können, denn ich reagierte auf jeden Zentimeter ihres Körpers. Ich fühlte mich, als wäre ich kurz davor, zu zerbersten, und legte meine Hände in ihren Nacken. Sie gab ein leichtes Stöhnen von sich und heizte mich noch mehr an. Wir pressten unsere Lippen wild aufeinander und der Moment hätte Stunden dauern können, ich hätte nie aufhören wollen. Sanft zog sie mich näher und ihre Zunge tippte vorsichtig an meine Oberlippe. Fast schon reflexartig öffnete ich den Mund und jetzt berührten sich nicht nur unsere Lippen, sondern auch unsere Zungen. Das Gefühl war unbeschreiblich und noch nie hatte mich jemand so geküsst wie sie. Niemand hatte mich je so um den Verstand gebracht wie sie.

Plötzlich hörten wir einen Schlag und barsten auseinander, als hätte jemand auf uns geschossen. Für einige Augenblicke war ich wie gelähmt und konnte das Geräusch nicht einordnen, dann hörte ich Stimmen aus dem Stockwerk unter uns und sah, wie Carlie in Lachen ausbrach. »Tja, wir sind wohl beide schreckhaft.« Ich grinste.

Wir waren so vertieft gewesen, dass uns das Geräusch einer zugeschlagenen Tür getroffen hatte wie ein Schuss. Erst jetzt erhielt ich meine Fassung zurück und zeigte auf die Eingangstür zur Wohnung, die noch immer offen stand. »Wollen wir reingehen?«

Carlie nickte und folgte mir hinein.

»Schöne Wohnung«, murmelte sie und schaute sich im Gang um. Ich stellte mich hinter sie und nahm ihr die Jacke ab. Selbst diese roch nach ihr und am liebsten hätte ich meine Nase an den Stoff gehalten und tief eingeatmet, um ihren Duft nie wieder zu vergessen.

»Danke«, sagte ich etwas zu spät und lief

voraus in die Küche, während sie ihre Stiefel auszog und mir dann folgte.

»Schau mal.« Ich zeigte auf all die Lebensmittel, die ich gekauft hatte. Carlies Gesicht war ein einziges Lächeln und sie kicherte. »Was denkst du, wie viel wir essen, Hübsche?«

Mit Sicherheit lief ich rot an wie eine Tomate. Natürlich wusste ich, dass ich zu viel eingekauft hatte, aber ich wollte, dass es Carlie an nichts fehlte.

Ich zeigte auf die Limonade und den Minzsirup. »Ich hoffe, die sind in Ordnung.« Als sie die Flaschen sah, zog sie die Augenbrauen hoch und machte einige Schritte in meine Richtung. »Danke, Baby«, flüsterte sie in mein Ohr und küsste meinen Hals. Genießerisch warf ich den Kopf zurück und kostete die Küsse aus, die sie vom Hals aufwärts auf meinen Körper hauchte.

»Wenn ich das gewusst hätte, hätte ich die schon früher gekauft«, witzelte ich atemlos und spürte, wie Carlie gegen meine Haut kicherte. Sie kam an meinem Mund an und drückte mir einen süßen Kuss auf die Lippen. Dann trat sie einen Schritt zurück. Die Ekstase, die ich in meinem Körper spürte, funkelte in ihren Augen und am liebsten hätte ich sie gefragt, ob sie in mein Zimmer gehen wollte, doch so war ich nicht. Ich erkannte mich selbst kaum wieder, denn sie brachte mich schlichtweg um den Verstand.

Es dauerte ein Weilchen, bis ich wieder atmen konnte und in dieser Zeit griff sie nach der Limonade. »Ich liebe Limo«, sagte sie und betrachtete die Flasche, »nur die Sorte habe ich noch nie gesehen.« Ich wollte mich gerade entschuldigen, dass ich wohl die falsche Sorte gekauft hatte, da öffnete sie die Flasche und nahm einen Schluck. Kurz war es still, dann sprach sie: »Mhhhhh, die ist ja lecker.« Mir fiel ein Stein vom Herzen. Ich wusste, dass es nur um ein Getränk ging, doch ich wollte sie nicht enttäuschen. Ich hatte Limo noch nie gemocht, deshalb hatte ich auch keine Ahnung, welche Sorte gut schmeckte. Doch *Minty Cherry* hatte gut geklungen.

»Das schmeckt wie *After Eight* mit Marmelade«, meinte Carlie und leckte sich die Lippen.

»*After Eight* mit Marmelade?«, fragte ich skeptisch und setzte Wasser auf.

»Sag nicht, du hast sie so noch nie gegessen!« Schuldig wie ich war, schaute ich sie an. »Das gibt´s doch nicht!«

Carlie stürmte aus der Küche und mein Herz blieb für einen Moment stehen. Würde sie einfach gehen ...? Doch zu meiner Erleichterung kam sie eilig zurück und hielt mir eine grüne Verpackung hin, die man von der englischen Marke kannte. »Nach dem Essen musst du auf sie Kirschmarmelade schmieren.«

Ich grinste und nahm die Schokolade an mich. Ob sie die leckeren Täfelchen immer bei sich hatte? Ich konnte mir die Kombination aus frischer Marmelade und der herben Süßigkeit nicht vorstellen und doch freute ich mich darauf, sie später zu probieren.

»Was hältst du von einer Gemüsepfanne mit Couscous und geschmolzenem Käse? Den Salat können wir ja zum Beispiel morgen zu einem Vesper machen?« Erst dann begriff ich, was ich gesagt hatte und schlug die Hand vor den Mund. »Ich meinte nicht, dass du bleiben musst ... Entschuldige, ich habe geredet, ohne zu denken ...« Ich vermied den Augenkontakt und wäre am liebsten im Erdboden versunken.

Carlie kicherte und kam auf mich zu. »Weißt du, dass es total süß ist, wenn du dich ständig entschuldigst?« Sie presste ihre Lippen zum wiederholten Male an diesem Abend auf meinen Mund. Nichts war mehr zu sehen von der Frau, die am Sonntag so im Griff ihrer Unsicherheit gewesen war; sie war so zärtlich und überzeugt, dass ich schwache Knie bekam. Sie schmeckte frisch und nach etwas, das ich nur als *Minty Cherry* einordnen konnte. Wir küssten uns für ein paar Minuten, dann widmeten wir uns dem Essen.

Carlie kümmerte sich um den Couscous, da sie genau wusste, wie sie ihn zuzubereiten hatte. Ich widmete mich dem Gemüse und warf es in die Pfanne. Erst dann fiel mir auf, dass Carlie gar keinen Nachtisch dabei hatte, doch es störte mich nicht. Das Essen würde mehr als genug für uns beide sein und die Minztäfelchen waren ja auch noch da. Ich sprach es nicht an, sondern briet das Gemüse an und mischte etwas Sojasoße und die Bohnen hinzu.

Nach nur wenigen Minuten waren wir fertig und stellten das Essen, wie auch Teller und Besteck auf den Küchentisch. Ich holte eine Kerze aus dem Wohnzimmer und stellte sie in die Mitte des Tisches.

»Ui, romantisch«, neckte Carlie spielerisch und strich mir sanft über den Arm, bevor sie sich setzte. Ich lud ihren Teller voll mit Essen und meinen ebenso. Ich war nervös, eigentlich zu nervös, um zu essen, doch ich wollte mir nichts anmerken lassen.

»Wow, ist das lecker.« Carlie machte ein *Mmhhh* und ich hätte am liebsten vor Glück laut aufgestöhnt. Wir aßen für ein paar

Momente in Schweigen, bevor sie wieder sprach: »Mir ist aufgefallen, dass auf dem Bild im Gang nicht nur du und deine Eltern sind, sondern noch eine andere Frau. Ist das deine Schwester?«

Am liebsten hätte ich das Thema elegant umschifft, doch es blieb mir wohl nichts anderes übrig, als die Wahrheit zu sagen. »Ja, sie heißt Zoe und ist älter als ich. Aber sie ist kaum noch hier.« Ich hörte meinen eigenen Worten an, wie verbittert sie klangen, und ich war sicher, dass es auch Carlie nicht entging. »Ihr versteht euch nicht, oder?«

Ich stocherte in dem leckeren Couscous herum. »Nein, nicht wirklich ... Sie hat Mama und mich allein gelassen, als ... als wir sie am meisten gebraucht hätten.« Carlie nickte, als hätte sie durch die wenigen gestotterten Worte verstanden und dafür war ich dankbar. Ich wollte nicht weiter darüber sprechen.

Es blieb ein Weilchen still und wir kauten fast lautlos. Ich spießte gerade eine Zucchinischeibe auf, als sich Carlie räusperte.

»Ich kann mir nur vorstellen, was du durchmachst und wenn du reden willst, bitte sag es mir, ja?«

Ich war gerührt von ihrem Angebot und wäre am liebsten um den Tisch herum gelaufen und ihr um den Hals gefallen. Stattdessen beobachtete ich, wie die Flamme zwischen uns tanzte. »Danke.« Endlich schaute ich ihr wieder in die Augen. »Das Gleiche gilt für dich.«

Ich wollte nicht wieder in ein Fettnäpfchen treten, doch es war mir wichtig, dass es ihr gut ging. Ich wollte, dass sie mir Dinge erzählte und ich sie aufbauen konnte, doch sie zu drängen kam nicht in Frage.

Ich schob mir eine Gabel voll Gemüse in den Mund, als Carlie mich überraschte und zu reden begann: »Mein Verhalten am Sonntag tut mir leid. Ich wollte dich nicht kränken, aber es gibt Dinge ... mit denen ich nicht umzugehen weiß.«

Ihre dunkle Stimmfarbe wurde bei den ernsten Worten noch etwas tiefer und ich wünschte mir, Carlie zu berühren, doch noch mehr wünschte ich mir, dass sie weitersprach.

»Ich gehe eigentlich jeden Mittwoch auf den Friedhof, aber am Samstag ... musste ich einfach hin. Mein bester Freund liegt auf dem Friedhof, er ist mit fünfzehn bei einem Unfall ums Leben gekommen. Mein Zuhause ist ... eigentlich keines. Ich vermisse ihn noch immer sehr, auch wenn ich schon fünfundzwanzig bin und es elf Jahre her ist.«

Ich legte meine Gabel am Rand des Tellers ab und streckte die Hand nach ihrer aus. Sie hielt mich nicht davon ab, sie zu berühren und darüber war ich froh.

»Es tut mir so leid.« Die Worte waren nicht nur so dahingesagt, ich meinte es. Carlie hob den Blick hinter ihrer Brille und er traf auf meinen. Es sprach eine Traurigkeit aus ihren Augen, die ich am liebsten weggewischt, ja weggerissen hätte, damit sie ihr nie wieder wehtun konnte.

»Aber lass uns heute Abend nicht darüber reden, ja? Der Abend gehört nur uns.« Carlie strich sanft über meinen Handrücken. Nur widerwillig zog ich die Hand zurück und wir aßen weiter.

Eine Frage jedoch ließ mich nicht los: Warum war ihr Zuhause eigentlich keines?

Ich biss mir auf die Lippe und drängte meine Neugier zurück. Vielleicht würde ich sie ja ablenken können? »Irgendwann müssen wir mal versuchen, diese leckere Suppe nachzukochen.« Ich sprach von der Suppe im *House of India* und entlockte Carlie damit ein Lächeln, denn sie schien sofort zu verstehen. »Definitiv.«

Wir legten fast zeitgleich unser Besteck schräg über die Teller und ich hob mir den Bauch: »Boah, ich bin so satt.«

Carlie lächelte und stand zu meiner Überraschung auf. »Ich hoffe, du bist noch nicht zu satt«, sprach sie und ließ mich dann in der Küche sitzen. Nur Sekunden später kam sie zurück und hielt eine Dose in der Hand. »Die hatte ich in der Jackentasche, fast hätte ich sie vergessen.« Sie öffnete die Dose und hielt mir einen Cookie hin. Er war mit Schokolade überzogen und sah fantastisch aus. Gierig biss ich ab. »Ohhhh«, stöhnte ich fast, da der Keks himmlisch schmeckte, nach Schokolade und zu meiner Überraschung – Minze. Es war, wie in *After Eight* zu beißen, doch um Längen besser. Carlie musste die Kekse selbst gebacken haben.

»Es freut mich, dass es dir schmeckt«, meinte sie und setzte sich wieder an den Tisch, um selbst nach einem Keks zu greifen. »Wow«, seufzte ich und nahm den letzten Bissen, »wie kann ein Keks so gut schmecken? Du bist eine Geschmackskünstlerin.«

Mein Gast für diesen Abend kicherte und leerte einige Milliliter des Minzsirups in ihr Glas, um sie mit der Limonade zu mischen. Ich konnte mir nicht vorstellen, dass das schmeckte, doch sie hob das Glas an die Lippen und trank genüsslich. Ich musste definitiv abenteuerlustiger werden, was Essen und Trinken anging. Ich mochte, dass wir beide so gern aßen und neue Dinge ausprobierten. Es war, als hätten wir diese unsichtbare Gemeinsamkeit, bei der wir nichts falsch machen konnten.

Trotz meines vollen Magens griff ich nach einem weiteren Keks und genoss von Neuem den einzigartigen Geschmack. »Danke für den tollen Nachtisch«, murmelte ich in meinen Keks hinein und steckte mir den Rest in den Mund. Jetzt mussten die Täfelchen von zuvor bis morgen warten, sonst würde mir schlecht.

Carlies Blick veränderte sich und bekam etwas Neues. Etwas, das ich nicht kannte, mir aber durchaus gefiel. Ich vergaß alles um mich herum und plötzlich war mir egal, dass die Küche aussah wie ein Saustall und dass unsere Teller noch immer auf dem Tisch gestapelt waren.

Ich stand auf und lief die wenigen Schritte auf Carlie zu. Ihre Augen wanderten von meinem Kopf zum Fuß und ihr Blick brachte mein Blut zum Pulsieren. Ohne an meine sonstige Schüchternheit zu denken, setzte ich mich auf Carlies Schoß und presste meine Lippen ungeduldig auf ihre. Sie erwiderte den Kuss sofort und schlang ihre Arme gierig um mich. Es war ein Gefühl, wie ich es noch nie empfunden hatte. Niemand hatte bisher ein solches Verlangen in mir ausgelöst und am liebsten hätte ich sie nie wieder losgelassen. Unsere Küsse waren vorsichtig, sanft zu Beginn, doch sie wurden immer drängender. Ich wurde mutiger mit jedem Mal und legte meine Hände an ihre Schultern, um sie langsam nach unten an ihre prallen Hüften gleiten zu lassen. Carlie grinste in unseren Kuss hinein und ließ ihren Handrücken sanft an meiner Seite herabwandern. Ich kicherte und ohne Vorwarnung legte Carlie die Hände um meine Hüfte und hob mich an ihre Brust, dann stand sie mit mir im Arm auf.

»Ahhh«, lachte ich und sie trug mich sanft durch den Gang. Es fühlte sich an, als würde ich schweben – was ich ja auch irgendwie tat. Doch das Gefühl war stärker, fast als brannte mein Körper.

»Wo ist dein Zimmer, Hübsche?«, fragte sie etwas außer Atem und ich dirigierte sie in mein Schlafzimmer. Wir stolperten in den Raum und lachten uns kaputt, als wir fast gegen meinen Schreibtisch knallten.

»Demi Lovato, hm?«, fragte Carlie zwischen unsere Küsse und ich zog sie näher. Sie hatte sicher mein Poster gesehen, doch in diesem Moment war es mir egal, was sie darüber dachte.

Ich wollte nur sie.

Gehetzt zog ich sie zu mir aufs Bett. Auch sie schien es kaum abwarten zu können, und ihre Hände glitten unter mein Shirt. Ich verlor mich in jeder ihrer Bewegungen und in jedem Zentimeter ihres Körpers. Noch hatte ich keine Ahnung, dass mich die beste Nacht meines Lebens erwartete, aber in genau diesem Moment war ich einfach glücklich. Das erste Mal seit vielen Wochen.

Kapitel 9

Sonnenstrahlen auf meinem Gesicht weckten mich. Sie streichelten über meine Haut und ich blinzelte gegen das helle Licht.

Für einen Moment war ich orientierungslos, dann kam alles zurück. Die Nacht mit Carlie, die Berührungen, die Küsse - einfach alles.

Ich lächelte zufrieden in mich hinein und spürte erst dann, dass ich mit dem Kopf auf ihrer Brust lag. Meine Haare waren um mich verstreut, als hätte ich in eine Steckdose gefasst, und meine rechte Hand war mit ihrer linken verschränkt. Für ein paar Sekunden lauschte ich ihrem Herzschlag.

Wumm. Wumm. Wumm.

Das Geräusch war leise und doch schien es in dem tonlosen Raum zu erklingen wie eine Orgel in der Kirche. Vorsichtig strich ich mit dem Daumen über Carlies Handrücken.

»Guten Morgen, Baby«, sagte sie in ihrer rauchigen Stimme und ich zuckte etwas zurück.

»Guten Morgen, sorry, ich wollte dich nicht wecken.« Carlie zog mich etwas höher, sodass sie in mein Gesicht sehen konnte.

»Das hast du nicht, ich war schon ein Weilchen wach.«

Ich grinste sie an und presste meine Lippen auf ihre. Bis eben hatte ich nicht darüber nachgedacht, was die letzte Nacht zu bedeuten hatte, doch die Gedanken kamen jetzt auf mich zu galoppiert wie eine Herde Büffel. Waren wir nun ein Paar? War es für sie nur ein One-Night-Stand? Wollte sie mit mir zusammen sein? War ich ... mit einer Frau zusammen? Ich konnte keine der Fragen beantworten und das machte mich nervös.

Carlie schien mein Unbehagen zu bemerken. »Alles gut, Süße?« Sie legte ihre Lippen an meine Wange, um sanfte Küsse auf meine Haut zu hauchen.

»J ... a. Ja.« Ich klang alles andere als überzeugend, doch ich wusste nicht, wie ich die Konversation hätte beginnen sollen.

Hey, Carlie, willst du meine Freundin sein?

Das klang, als wäre ich in der dritten Klasse der Grundschule hängen geblieben. Und vor allem, wollte ich das überhaupt? Meine Gefühle waren sich sicher, doch was würde Carlie erwarten? Allein beim Gedanken daran rannen mir Schweißperlen die Schläfen hinab.

Carlie drückte ihren Körper näher an meinen und das unbeschreibliche Gefühl der Sicherheit und Geborgenheit war zurück. Es reichte eine Bewegung und ich war wie gefangen.

»Woran denkst du?«, fragte Carlie und drückte mir einen Kuss auf die Nasenspitze, was mir augenblicklich ein Grinsen entlockte. Ich schmiegte mich näher an sie und ihre Kurven fühlten sich wunderbar an meiner Haut an. Ich wollte sie auf keinen Fall belügen, doch was war die Wahrheit?

»Ich habe nur ... über uns nachgedacht.« Ich hielt meinen Blick absichtlich starr auf die Wand gerichtet, weil ich nicht wollte, dass Carlie aus meinem Ausdruck falsche Schlüsse zog.

»Über uns, ja?« Ihre Stimme klang neckisch und einerseits hätte ich gern gelacht, um die Stimmung zu erheitern, doch andererseits wollte ich eine ernste Unterhaltung führen.

»Was empfindest du für mich?«, stellte ich nach gefühlten Jahrhunderten die Frage und hielt die Luft an. Die nächsten Minuten würden darüber entscheiden, wie meine Zukunft aussah und die Anspannung war in der Luft zu spüren, dass man sie fast mit einem Messer hätte schneiden können.

Carlie legte eine Hand an meine Wange und brachte mich dazu, sie doch anzusehen. Ihre braunen Augen leuchteten mir entgegen wie Edelsteine. »Ich mag dich, sehr sogar, Alice.«

Mein Herz machte einen Sprung, der es eigentlich aus meinem Körper hätte katapultieren müssen, doch stattdessen schlug es wie ein Pendel im Sturm.

»Ich ... ich mag dich auch«, stammelte ich und ehe ich es mich versah, lagen unsere Lippen wieder aufeinander. Wir küssten uns drängend und voller Gier, was dem Kuss eine

Hektik gab, die nicht unangenehm war. Es war mehr der Drang, so nahezukommen, wie nur möglich.

Erst als wir beide kaum mehr Luft in unseren Lungen hatten, stoppten wir die Küsse. Außer Atem murmelte sie: »Dann habe ich wohl heute Nacht mit meiner neuen Freundin geschlafen.«

Mein Blick traf ihren und die Worte knoteten förmlich ein Band zwischen uns.

Sie ist meine Freundin. Carlie ist meine feste Freundin.

Ich konnte die Worte noch nicht aussprechen, so unwirklich klangen sie für meine Ohren, doch ich war überglücklich. Der Gedanke, dass ich meiner Mutter nie von ihr erzählen konnte – zumindest nicht außerhalb meines Tagebuchs – stimmte mich urplötzlich traurig, doch ich wusste, dass sie sich gefreut hätte. Ganz sicher.

Ein Brummen von meinem Nachttisch riss uns aus unserer Blase der Glückseligkeit und fast schon widerwillig griff ich nach meinem

Mobiltelefon. Dann sah ich den Namen auf dem Screen. »Ohhh Shit!« Schnell nahm ich ab: »Hallo?«

»Guten Morgen, Frau Heights. Sie haben wohl vergessen, dass Sie zur Arbeit erscheinen müssen, oder?«

Carlie konnte wohl die fast schon geschrienen Worte meines Chefs hören, denn ihre Augen wurden groß. Natürlich hatte ich vergessen, dass ich zur Arbeit gehen musste und noch nicht einmal die Tatsache, dass mich Sonnenstrahlen im Winter geweckt hatten, hatte mich darauf aufmerksam gemacht, dass ich spät dran war.

»Sind Sie sicher?«, fragte ich fast dümmlich.

»Halten Sie mich für bescheuert?« Sein Tonfall wurde schroffer und ich konnte den älteren Mann förmlich vor mir sehen, wie er seine Hände zu Fäusten ballte.

»Ich dachte, ich sei morgen dran.« Ich wusste, dass er mir kein Wort glaubte, doch mich krank zu stellen, war keine Option mehr. »Also dann kommen Sie morgen und arbeiten

Ihre Schicht ab?«, fragte er gestellt freundlich und ich wusste, dass er sich in Wahrheit ins Fäustchen lachte, dass ich mich durch meine dumme Ausrede dazu verdonnert hatte, an einem Samstag arbeiten zu müssen.

»Gut, ich werde morgen erscheinen wie immer.« Er verabschiedete sich nicht, sondern beendete einfach das Gespräch.

»Puhh«, meinte Carlie, »was für ein Kotzbrocken!« Da konnte ich ihr nur zustimmen und doch musste ich eingestehen, dass es mein Fehler gewesen war.

»Willst du frühstücken?«, fragte ich und Carlie strahlte mir entgegen. »Unbedingt.«

Ich ließ ihr etwas Zeit in meinem Zimmer, um sich anzuziehen, und huschte ins Bad. Schnell duschte ich und streifte meine Kleidung über. Inständig hoffte ich, dass mein Vater eine Doppelschicht schob und nicht nach Hause gekommen war, sonst würde es peinlich werden.

Zu meiner Erleichterung war die Couch und der Rest der Wohnung leer, als ich in die

Küche trat. Noch immer standen unsere Töpfe und Teller draußen und ich machte mich daran, das Essen zu versorgen und Kaffee aufzusetzen.

Nach einigen Minuten erschien Carlie in der Küche. »Ich hätte doch geholfen, Baby«, meinte sie und ich genoss den Klang des einen Stuhl und Carlie setzte sich.

»Heiße Schokolade?«, fragte ich und erinnerte mich daran, dass sie letzten Sonntag keinen Kaffee getrunken hatte.

»Ja, bitte«, meinte sie und ich stellte Brötchen, Croissants, Nutella und Marmelade auf den Tisch. »Du musst wegen mir nicht so viel auftischen, Hübsche.« Carlie griff nach meiner rechten Hand, während ich die linke benutzte, um Milch über das Kakaopulver in einer Tasse zu schütten.

»Ich will aber, dass es dir an nichts mangelt«, murmelte ich fast verlegen und drehte mich, um ihr die heiße Schokolade auf den Tisch zu stellen. Dann holte ich meinen Kaffee mit Milch und setzte mich ihr gegenüber. »Lass es dir schmecken«, sagte ich überflüssigerweise und Carlie drückte einen Kuss auf meine Handfläche, bevor sie zu einem Croissant griff.

»Ich liebe die Dinger«, schwärmte sie und ich griff im gleichen Moment nach einem Laugenbrötchen. Ich mochte diese Brötchensorte und das besonders mit Nussnougatcreme. »Irgendwann machen wir wirklich mal Pommes Frites und dazu Nutella, dann musst du es unbedingt probieren.«

Bei meinen Worten zog sie nur die Augenbrauen hoch und lachte. »Von mir aus, aber wenn mir schlecht wird, hältst du meine Haare zurück.«

Ich nickte mit einem breiten Lächeln auf den Lippen und schmierte eine dicke Schicht Nutella auf eine Brötchenhälfte. Carlie biss in ihr Croissant und kurz wurden ihre Augen groß, als würde sie sich an etwas erinnern. Schnell legte sie das Gebäck auf ihren Teller und nahm etwas von der Anrichte. Es waren die *After Eight*-Täfelchen.

»Jetzt musst du es probieren«, witzelte sie, holte zwei Täfelchen heraus und schmierte Kirschmarmelade zwischen die beiden. Dann hielt sie mir ihre Kreation hin. »Glaub mir, Baby, ich bin Konditorin. Ich weiß, was schmeckt.«

Was soll´s, dachte ich, griff danach und biss von der Leckerei ab. Carlie hatte recht. Es fühlte sich an, als würde in meinem Mund Schokolade, Minze und Kirsche explodieren - es schmeckte himmlisch. »Wusste ich es doch«, meinte Carlie und biss noch einmal von ihrem Croissant ab.

Das ganze Frühstück über grinsten und aßen wir und ich überredete sie, morgen Abend mit mir Pommes Frites essen zu gehen – natürlich bewaffnet mit Nutella.

»Was hast du heute noch vor?«, fragte Carlie, als sie ihren Teller in unsere Spülmaschine einräumte. Ich stellte die Gläser Marmelade in den Schrank zurück und drehte mich zu ihr. »Ähm ... nichts. Und du?« Carlie grinste mich an und biss sich dann auf ihre vollen Lippen. »Wenn du willst, kann ich dich in die Konditorei mitnehmen und dir zeigen, wie ich Torten mache. Ich bin heute nicht eingeteilt, aber ich weiß, dass der Konditor heute nicht mehr kommt. Er hat heute morgen schon alle Torten gemacht ...« Sie vollendete den Satz nicht, wahrscheinlich aus Angst, dass ich ablehnen könnte, doch nichts lag mir ferner. Ich liebte Carlies Gegenwart und könnte eine Einladung wie diese nie ausschlagen. »Sehr gern.«

Ich trat die wenigen Schritte auf sie zu. Vorsichtig – fast schon zaghaft – hob ich die Hand und legte sie an ihre Wange. Genussvoll schloss sie die Augen und es tat so gut, zu sehen, wie sie jede Berührung genoss. Es war, als hätte ihr bisher jede Zärtlichkeit im Leben gefehlt. Vielleicht war das ja auch der Fall ...?

Langsam stellte ich mich auf meine Zehenspitzen und ersetzte die Berührungen durch Küsse. Sanft zog ich eine Linie aus Lippenabdrücken von ihrer Wange zu ihren

Mundwinkeln und auf ihre Nasenspitze.

Auf Carlies Gesicht stahl sich ein Lächeln, das ich noch nie an einem Menschen gesehen hatte. Es war eine Mischung aus Dankbarkeit, Verwunderung und Genuss.

Ein paar Minuten standen wir nur da, sprachen nicht, sondern ließen unsere Berührungen alles sagen. Es war wundervoll und zum ersten Mal fühlte ich mich bei einem Menschen wieder Zuhause. Ähnlich wie bei meiner Mutter und doch so anders. Ich wusste, ich war mir einfach sicher, dass sie auf mich hinablächelte. Und ich grinste zurück.

»Schau, das ist eine Teigmaschine. Die benutzen wir für Rührkuchen und so was«, erklärte Carlie und lief an einer großen, silbernen Maschine vorbei. Vor einer halben Stunde waren wir an der Konditorei angekommen und jetzt bekam ich eine exklusive Tour an Carlies Arbeitsplatz.

»Und hier wird Sahne geschlagen«, fuhr sie fort und zeigte mir eine große Schüssel mit einer Art Schneebesen.

Der Raum, in dem sie die Sahnekunstwerke zauberte, war größer, als ich erwartet hatte und ich fühlte mich wie die Prinzessin auf der Erbse, weil sie mir den Raum zeigte, in dem sie viel Zeit verbrachte. Durch eine kleine Tür in der linken Ecke des Zimmers kam man in den Verkaufsraum, aber sonst war der Raum wie abgeschnitten von der Welt. Als würde in ihm nur die Magie des Tortenzaubers regieren.

Carlie griff nach meiner Hand und zog mich zu einer großen Arbeitsfläche: »Schau, und jetzt machen wir eine Schwarzwälder Kirschtorte. Sie ist im Süden Deutschlands richtig beliebt.« Ich wusste, dass es eine solche Torte gab, doch gegessen hatte ich sie noch nie. Ich wusste nur, dass alle, die jemals im Schwarzwald Urlaub machten, zurück kamen und von diesem Sahnetraum schwärmten.

Carlie holte gefühlt einhundert Zutaten aus dem enormen Kühlschrank und aus einem großen Schrank, der an eine der

Teigmaschinen anschloss, und wir machten uns ans Werk. Eigentlich machte sich nur meine Freundin ans Werk.

Mit gekonnten Bewegungen schlug sie die Sahne, machte den Mürbeteig für den Boden und wies mich an, Sauerkirschen abtropfen zu lassen. Dann schaute ich ihr gespannt zu, wie sie das tat, was sie gelernt hatte. Ich beobachtete jede von Carlies Bewegungen und hätte am liebsten wieder die Arme um sie geschlungen. Zuvor war ich nie anhänglich gewesen, geschweige denn erpicht auf Hautkontakt, doch bei ihr warf ich alles über Bord, was mich zuvor ausgemacht hatte. Ich wollte ihr nah sein, jede ihrer Bewegungen beobachten.

Ihre Finger flitzten über den Teig und innerhalb weniger Minuten wuchs der Traum aus Sahne, Kirschwasser und Schokolade immer mehr in die Höhe. Die meiste Zeit stand mir vor Staunen der Mund offen und ich machte mir eine mentale Notiz, Carlie vorzuschlagen, dass sie sich auf jeden Fall für den Backwettbewerb im Fernsehen anmelden musste, der jährlich abgehalten wurde.

Nach einer weiteren Stunde stand eine Schwarzwälder Kirschtorte vor mir, wie sie in einem Backbuch nicht hätte schöner abgebildet sein können. Carlie war sichtlich zufrieden mit ihrem Werk und sie grinste das hinreißende Lächeln, das ihre Augen strahlen und mein Herz schneller schlagen ließ. Ihr fülliger Körper war von einer weißen Kochschürze bedeckt und ihre Haare waren zu einem Pferdeschwanz gebunden. Wie sie so da stand und ihr Werk betrachtete, konnte ich nicht anders. Ich lief die paar Schritte zu ihr und legte meine Handflächen an ihre Wangen. Zärtlich küsste ich sie auf den Mund, in der Angst, sie wöllte den Kuss nicht erwidern, weil sie fürchtete, dass jemand hereinkommen könnte. Doch es schien ihr so egal zu sein wie mir. Sie küsste mich zurück und ich schmeckte die Süße auf ihren Lippen, die von dem Probieren der unterschiedlichen Schichten der Torte stammen musste. Unser Kuss wurde gieriger und wir standen für einige Minuten nur da und verloren uns in einander.

Die meisten Menschen würden uns jetzt wohl raten, mehr miteinander zu sprechen und uns nicht nur körperlich näher zu kommen, doch ich war anderer Meinung. Ich wusste, dass es bescheuert klang, aber komischerweise kamen wir uns näher, je länger wir uns küssten und je intensiver wir uns berührten. Es war, als würden wir uns mit jeder Berührung mehr erkunden und es freute mich, dass sie mir nicht nur ihre glückliche Seite zeigte, sondern auch die Unsicherheit, die irgendwo tief in ihr saß. In genau diesem Moment wünschte ich mir, ich müsste sie nie wieder loslassen. Obwohl wir uns noch nicht so lange kannten, löste sie Gefühle in mir aus, die ich in meinem Körper als nicht existent angesehen hatte. Ich war falsch gelegen.

Nach einiger Zeit lösten wir uns voneinander und unsere Augen strahlten gleichermaßen. »Willst du probieren?«, fragte Carlie und zeigte noch etwas atemlos in Richtung der

Torte. Ich nickte eifrig und Carlie streckte sich, um eine Kuchenschaufel und ein großes Messer aus einer Schublade zu ziehen. Vorsichtig tauchte sie die Klinge, die sie zuvor mit Wasser angefeuchtet hatte, in die Masse. Es war fast schon schade, zu sehen, wie sie das Kunstwerk zerstörte, dabei wollte ich unbedingt probieren.

Carlie schnitt zwei große Stücke heraus und die verschiedenen Schichten, aus denen die Torte bestand, beeindruckten mich, obwohl ich zugeschaut hatte, wie sie nacheinander aufgeschichtet worden waren.

»Komm, wir setzen uns in den Verkaufsraum«, meinte Carlie und drückte mir die beiden Teller in die Hand. Vorsichtig schob sie eine Hand unter die große Torte und hievte sie nach oben, um sie nach draußen zu tragen. Mit dem Fuß kickte sie die Tür in den Vorraum auf und helles, warmes Licht strömte mir entgegen. Die Konditorei war nicht so, wie ich sie mir vorgestellt hatte. Wir waren durch den Hintereingang hereingekommen, doch jetzt, da ich im Verkaufsraum stand, wünschte ich mir, wir hätten schon vorher Zeit hier verbracht.

Die unterschiedlichsten Möbelstücke waren kombiniert und kein Stuhl passte zum anderen. Es sah dabei nicht chaotisch aus – ganz im Gegenteil. Es sah eher aus, als hätte jemand mit Liebe einen Raum eingerichtet, in dem sich jeder wohlfühlen sollte.

»Hey, Carlie! Wer ist denn das?«

Erst jetzt drehte ich den Kopf zur Seite und schaute in das dunkle Gesicht einer hübschen Frau, die ebenfalls mit Schürze hinter dem Tresen stand. Carlie stellte die fertige Torte in die Anrichte, damit Kunden sie bewundern konnten, und umarmte dann die mir unbekannte Frau. Die kurze Umarmung versetzte meinem Herz einen kleinen Stich, auch wenn ich nicht der eifersüchtige Typ war. Ich hatte gar kein Recht zur Eifersucht; Carlie war nicht mein Besitz und doch konnte ich den kleinen Stich nicht leugnen ...

Carlie drehte sich schnell wieder zu mir und

bewegte ihre Hand in der Luft von mir zu ihrer Kollegin: »Chelsea, das ist meine Freundin Alice. Alice, Chelsea ist meine Kollegin.«

Ich stellte unsere Teller mit Torte auf dem Tresen ab und streckte der dunkelhäutigen Frau die Hand hin. »Freut mich«, murmelte ich etwas verlegen, da mein Körper innerlich einen Freudentanz vollführte. Carlie hatte mich als ihre Freundin vorgestellt. *Ahhhh!*

»Mich auch, Alice.« Chelsea lächelte mich an und ihre schwarzen Rastalocken umrahmten ihr Gesicht, das so noch heller strahlte als eh schon.

»Ich wusste gar nicht, dass du heute da bist«, meinte die Verkäuferin an Carlie gewandt, doch diese zuckte nur mit den Schultern. »Ich wollte Alice mal meinen Arbeitsplatz zeigen.«

»Das ist dir gelungen«, meinte Chelsea lachend und ihre Augen waren auf die Schwarzwälder geheftet. Carlie grinste und ich erkannte, wie viel ihr das Lob bedeutete. Es war, als suchte sie fast schon danach. Zu gern würde ich sie nach genau dieser Eigenschaft fragen und wissen wollen, warum ihr die Meinung von anderen so wichtig war, doch wie sollte ich dieses Thema ansprechen? Vielleicht irgendwann mal ...

»Komm, Alice«, meinte Carlie und trug unsere Teller zu einem freien Tisch, der mit zwei Sesseln bestückt war, die mit den verschiedensten bunten Schnörkeln leuchteten. Erst dann bemerkte ich, dass um die Ecke einige Tische gefüllt waren und ich grinste etwas verlegen in die Runde, ehe ich den Blick wieder senkte. Ich hatte es nicht so mit Menschen in Räumen, in denen ich dazukam, doch Carlie ignorierte sie einfach, als wären wir allein. Meist fühlte ich mich beobachtet, als hätten die Leute nur darauf gewartet, mich anzusehen und wegen irgendetwas zu verurteilen.

Schnell zogen die Tortenstücke wieder meine Aufmerksamkeit auf sich und ich schaute in Carlies Gesicht, während ich eine Gabel in den Zuckertraum tauchte und sie mir in den Mund schob. »Ohhhhh«, stöhnte ich genussvoll und der Ausdruck auf Carlies Gesicht ließ mich die Welt vergessen. Es war eine solche Freude, dass ich sie am liebsten wieder umarmt hätte.

Jetzt aß auch sie von der Torte und ich schob sanft meine rechte Hand über den Tisch und legte sie auf ihre linke. Ich wollte, dass sie wusste, wie viel mir das alles bedeutete. Dass sie mir ihren Arbeitsplatz zeigte, dass sie diese Torte für mich gebacken hatte, dass sie mich als ihre Freundin vorgestellt hatte.

Ich hörte ein entferntes Räuspern und mein Kopf schoss nach oben. Ich hatte erwartet, dass jemand an unserem Tisch stand – vielleicht Chelsea – doch da war niemand und Carlie schien nichts gehört zu haben. Zögerlich hob ich den Kopf etwas weiter und sah, wie mich ein Mann von einem kleinen Tisch aus musterte. Naja, nicht genau mich, sondern unsere umschlungenen Hände. Er trug einen solchen Ausdruck des Ekels im Gesicht, dass seine Augenbrauen zusammengezogen waren und aussahen, wie ein dicker, schwarzer Strich. Im ersten Moment verstand ich nicht und dann war ich froh, dass Carlie nichts zu bemerken schien. Sie aß weiter und streichelte mir über den Handrücken. Doch ich konnte den Blick nicht von dem Mann nehmen, der uns anschaute, als würde er uns in die Hölle wünschen. Der Kuchen vor ihm war unangetastet und sein Blick lag auf mir, als wäre er ein Scheinwerfer. Was war sein Problem?

Mit jeder Sekunde, die verstrich, wurde ich wütender und am liebsten wäre ich zu ihm gegangen und hätte ihn angeschrien und gefragt, warum er so glotzte. Er konnte sich doch nicht wirklich an unseren verschlungenen Händen stören ...?

»Alles gut?«, riss Carlie mich aus meinen Gedanken und ich schaute wieder zu ihr. Ich entschloss mich, ihr besser nichts von dem Mann zu erzählen; es würde sie nur aufregen. Ich lächelte sie an und hoffte, sie bemerkte mein leichtes Unbehagen nicht. Sanft hob sie unsere verschlungenen Hände und presste einen Kuss auf meinen Handrücken. Ich grinste unwillkürlich und genoss die Berührung ihrer zarten Lippen.

Ich hatte nicht erwartet, nach dem Tod meiner Mutter jemals wieder lachen zu können, doch Carlie machte mich zu einem neuen Menschen. Es war nicht so, dass ich weniger trauerte oder schneller über den Tod meiner Mutter hinwegkam, nein. Es war auch nicht wahr, dass Carlie sie ersetzte. Stattdessen zeigte meine Freundin mir eine Welt, in der ich trauern konnte und trotzdem am Leben blieb. Und dafür wollte ich Carlie glücklich machen, so unendlich glücklich.

Ohne darüber nachzudenken, beugte ich mich über den Tisch und presste die Lippen sanft auf ihre. Ich wollte jede Emotion in meine Bewegung legen – Dankbarkeit, den Wunsch auf eine gemeinsame Zukunft.

Nach einem sanften Kuss lösten wir uns voneinander und Carlie strahlte mich an. Ich lächelte zurück, nur kurz wackelte der

Ausdruck auf meinem Gesicht, als der Mann, der noch immer starrte, aufstand und sein Kuchenstück unangetastet stehen ließ. Er schnappte sich seine Jacke und schoss einen Blick voller Ekel und Missgunst in meine Richtung. Wenn er Carlie so angeschaut hätte, hätte ich ihn erwürgt. Eilig zog er sich an und lief an uns vorbei.

Ich hörte ein Schimpfen und ein »Tztztzt, ekelhaft«, als er vorbeilief, und ich war mehr als glücklich, dass Carlie ihn nicht gehört hatte. Ich versuchte, mir nichts anmerken zu lassen, doch es war schwer.

Was war denn so falsch an dem, was wir taten? Ich war verliebt in diese tolle Frau, die mir gegenüber saß und darauf kam es doch an, oder nicht? Was konnte so falsch sein an der Liebe?

Kapitel 10

Egal wie gern ich es auch vermieden hätte, am Samstagmorgen machte ich mich auf den Weg zum Tierheim. Den Tag über fütterte ich Hunde und Katzen und verbrachte einige Zeit bei den Kaninchen, die sich gierig auf Karotten und Grünzeug stürzten.

Die ganze Zeit geisterte mir der Mann durch den Kopf, der sich gestern so über Carlie und mich echauffiert hatte. Warum interessierte es andere Leute, wen man liebte? Keiner zwang einen Menschen, sich einen gleichgeschlechtlichen Partner zu suchen, warum also sollte es bei verschiedenen Geschlechtern dann ein ungeschriebenes Gesetz sein? Und warum war das so ein Störfaktor für andere Leute?

Ich hatte nie verstanden, wie sich Menschen über andere stellen konnten, egal ob es um die Hautfarbe, die Sexualität oder Erkrankungen ging. Es war nicht richtig.

Ich hielt einem weißen Kaninchen eine

Möhre hin und gierig biss das kleine Kerlchen von dem Gemüse ab. Ich konnte nicht anders und dachte an meine Mutter. An ihr Lachen, an ihre Bestärkungen, die sie mir jedes Mal gegeben hatte, wenn ich in der Schule Probleme gehabt hatte.

Würde meine Mutter es ähnlich sehen? Würde meine Mutter auch denken, dass ich etwas Merkwürdiges tat? Niemals ... Oder?

Schnell schüttelte ich den Kopf und erschreckte damit ein Meerschweinchen, das sich von hinten an die Futterstelle angeschlichen hatte.

Meine Mutter hätte es verstanden, denn sie hatte mich immer akzeptiert, wie ich war. Sie würde mir sagen, dass ich mich nicht unterkriegen lassen durfte und ich versuchte, mich an ihre Worte zu erinnern, die sie mir immerzu gesagt hatte.

Du bist genau so richtig, wie du bist, Darling.

Ich vermisste das Kosewort, das sie immer für mich benutzt hatte, und Tränen sammelten sich in meinen Augenwinkeln. Es waren

Momente wie diese, die mich in die Knie zwangen. Es waren die Augenblicke, in denen ich realisierte, dass ich meine Mutter nie wiedersehen würde. Meine Hände begannen zu zittern und ich wusste, dass ich nicht weit von einer Panikattacke entfernt war. Meine Mutter lebte nicht mehr. Ich würde ihr nie wieder alles erzählen können, ihr nie wieder sagen können, dass ich sie liebte.

Das Häschen rammte die Schneidezähne etwas gewaltbereiter in die Karotte und in genau diesem Moment piepste das Mobiltelefon, das ich heute in der Hosentasche und nicht im Mitarbeiterraum gelassen hatte. Ich holte es aus der Jeans, fuhr mir mit dem Ärmel meines Pullis über die Augen und setzte mir danach die Brille wieder auf, um die Nachricht zu lesen:

Hey, Hübsche! Es bleibt heute um 18:30 Uhr bei den Pommes, oder? Vergiss das Nutella nicht. ;-)

Unwillkürlich musste ich lächeln und hätte am liebsten dem Schicksal gedankt – auch wenn ich mir nicht sicher war, dass es überhaupt existierte – dass Carlie genau diesen Moment gewählt hatte, um mir die Nachricht zu schicken. Es fühlte sich an, als nähme sie etwas Last von meinem Körper und die Panik, die sich langsam in mir ausgebreitet hatte, verlor an Kraft.

Meine Finger zitterten nur noch leicht, als ich tippte:

Ja, klar! Ich freue mich doch schon auf dein Gesicht, wenn du die Kreation probierst. :)

Ich widmete mich wieder den Nagern und verbrachte die letzten zwei Stunden des Arbeitstages bei den wuscheligen Tierchen und versuchte, mich nicht mehr zu sehr in meine Gedanken hineinzusteigern. Es brachte nichts. Ich war glücklich mit Carlie und darauf kam es an.

Ich dachte zurück an den Moment, in dem

sie so verletzlich auf mich gewirkt hatte. Sie hatte gesagt, dass ihre Familie nicht einfach war und dass ihr bester Freund ihr einziger Halt als Kind gewesen war. Ich hätte sie nach der Situation in ihrer Familie fragen sollen, doch ob sie das überhaupt wollte? Vielleicht ergab sich heute Abend eine Gelegenheit. Carlie war eine solche Stütze für mich, ich wollte auch eine für sie sein.

Bevor ich ging, füllte ich die Wassernäpfe der Nager und Schlangen, dann ging ich in den Mitarbeiterraum und zog mich um. Ich war etwas länger geblieben als gedacht und hatte keine Zeit mehr, um vor unserem Treffen noch nach Hause zu gehen. *Zum Glück habe ich gute Klamotten mitgebracht*, dachte ich und schlüpfte in ein Top mit bunten Schnörkeln und zog darüber eine braune Strickweste. Meine Arbeitshose tauschte ich gegen eine schwarze Jeans und schlüpfte in Stiefel, die der Farbe der Strickweste glichen. Nur noch ein paar Bürstenstriche durch die Haare und ein klein wenig Make-up und ich könnte mich auf den

Weg machen.

Ich war froh, dass Carlie auch nicht der Typ von Frau war, der sich in Make-up tränkte und ich grinste bei dem Gedanken an sie. Ich konnte es nicht erwarten, sie heute zu sehen, obwohl wir gestern den gesamten Tag miteinander verbracht hatten. Es war, als wäre sie ein frisches Stück Obst und ich eine Fruchtfliege, die nicht mehr von ihr loskam.

Ich schloss die Tür zum Mitarbeiterraum und lief zu meinem Wagen. Der Schnee des Januars setzte sich auch im Februar durch und es war eiskalt.

Zittrig schlang ich die Jacke meiner Mutter enger um mich und war froh, dass es nur wenige Schritte zu meinem Wagen waren. Drin angekommen, drehte ich die Heizung voll auf und machte mich auf den Weg durch den Abendverkehr des Samstags zum besten Fast Food-Restaurant der Stadt.

»Entschuldige bitte, dass ich zu spät bin«, brachte ich schwer atmend heraus, als ich

Carlie vor dem Restaurant warten sah. Der Verkehr war zäh gewesen und am liebsten hätte ich mich gebeamt, so schnell wollte ich bei ... meiner Freundin sein. Noch immer fiel es mir schwer, die Worte zu denken, doch sie fühlten sich so richtig an.

Ich hatte erwartet, dass Carlie mich anlächeln würde, doch ihr Gesicht war eine Maske aus etwas zu viel Puder und geröteten Augen. Ihre Nachricht war noch so fröhlich gewesen. Was war passiert?

»Was ist los?«, fragte ich sofort und meine Nackenhaare stellten sich auf, als hätte ich sie zur Ordnung gerufen wie eine Armee unter meiner Führung. Carlie versuchte sich an einem Lächeln und zog mich in eine Umarmung. Zuerst wollte ich mich wehren und darauf bestehen, dass sie mit mir sprach, doch ich genoss ihre Nähe zu sehr, um sie abzuweisen.

Nach einigen Momenten, in denen keiner von uns sprach, lösten wir uns voneinander und ich legte meine Hände an ihre Wangen:

»Bitte, sag mir, was los ist.«

Ich hörte Carlie schwer schlucken und die Kälte des Februarabends machte es nicht besser. Es sah aus, als würde die sonst so selbstbewusste Frau gleich zusammenbrechen. Ohne auf eine Antwort zu warten, zog ich sie sanft durch die Türen des Restaurants. Noch immer leicht verunsichert ließ sie sich auf einen der Stühle sinken, auf die ich zeigte und wir setzten uns, ohne etwas zu bestellen. Ich wollte erst, dass Carlie wieder lachte, vorher würde ich eh keinen Bissen hinunterwürgen können.

Ich musste sie nicht noch einmal fragen, leise, fast schon zu leise, als dass ich sie verstehen konnte, begann sie zu erzählen: »Ich hab dir ja ... von meiner Familie erzählt. Ich kann mir eine Wohnung allein mit meinem Gehalt einfach nicht leisten, aber meine Eltern ...«

Sie kniff ihre Augenlider zusammen und ich streckte meine Hand fast schon reflexartig über den Tisch und legte sie auf ihre. Für ein paar Momente schaute sie auf meine Hand, die ihre streichelte, erst dann sprach sie weiter: »Es war schon immer ... schwierig. Aber ich habe es lange Zeit einfach versucht, auszublenden. Aber heute hat mein Vater ... er hat mit mir gestritten und ...«

Ich spürte, wie Wut in mir hochkochte. Ich wollte, dass es Carlie nie an etwas fehlte und ich mochte so gar nicht, wohin dieses Gespräch uns führte.

Eine Träne lief Carlie über die Wange und am liebsten hätte ich eine Kanone genommen, um sie auf ihre Familie zu richten, die ihr solchen Schmerz bereitete.

Ich wollte ihr Zeit lassen, doch ich konnte nicht anders. »Was ist passiert?«, fragte ich in einem gekünstelt ruhigen Tonfall und Carlie schaute mir endlich in die Augen. Ohne etwas anderes zu sagen, schlüpfte sie aus ihrer Jacke – und ließ meine Hand für nur wenige Sekunden los, ehe sie sie wieder ergriff – dann schob sie den Ärmel ihrer Bluse nach oben. Ich sog scharf die Luft ein.

Es war ein dunkelblauer Abdruck auf ihrem Arm zu sehen, der sich von ihrem Unterarm zu ihrem Oberarm zog. Es war, als hätte sie jemand ... mit einer Peitsche geschlagen? Was zum ...?

Carlie schien zu bemerken, dass ich um Worte rang, denn sie krempelte den Ärmel wieder herunter und sprach leise: »Er hat mich mit dem Kabel des Staubsaugers verprügelt. Ich habe ihm nur gesagt, dass ich bald ausziehen möchte. Ich bin fünfundzwanzig und ich halte das einfach nicht mehr aus und dann ...«

Ohne darüber nachzudenken, stand ich von meinem Stuhl auf und lief um den Tisch herum. Ich legte sanft die Arme um sie und zog sie an mich. Ich konnte es nicht fassen ... ein Staubsaugerkabel? Warum zur Hölle schlug ihr Vater sie? Das war unverzeihlich!

Carlie schluchzte an meiner Schulter und ich konnte kaum glauben, dass die gleiche Frau in meinen Armen lag, die normalerweise selbstbewusst war und mich mit ihrer Art in ihren Bann zog. Wie konnte sie diese Fassade aufrechterhalten, wenn sie innerlich solche Angst vor ihrem eigenen Vater hatte? Mein Vater war zwar nie da, aber er hatte auch niemals meiner Schwester oder mir ein Haar gekrümmt. Wir waren eine Familie, in der man zwar aufeinander sauer war, doch geschlagen wurde nie. Ich konnte mir kaum ausmalen, wie es für Carlie sein musste, jeden Tag an den Ort zu gehen, vor dem sie solche Angst hatte.

Für einige Minuten bewegten wir uns nicht, sondern genossen die Nähe der anderen. Dann machte ich mich sanft los und legte meine Hände zum zweiten Mal an diesem Tag an ihre Wangen. »Ich will, dass du da nie wieder hingehen musst. Du kannst immer bei mir bleiben, das musst du wissen, ja?«

Carlie lächelte gegen ihre Tränen an und nickte mit einem Ausdruck der Dankbarkeit in den Augen, der mein Herz höher schlagen ließ. »Und weißt du was?«, fragte ich und machte einen Schritt zurück. »Jetzt hole ich uns Essen und wir verbringen einen entspannten Abend und wenn du möchtest, übernachtest du einfach bei mir, okay?«

Carlie nickte leicht. »Okay.«

Ich grinste sie noch einmal an und ging an den Tresen, um uns vier Portionen Pommes zu bestellen. Ich hatte Hunger und war mir sicher, dass Carlie genauso hungrig war, auch wenn sie vielleicht noch etwas Zeit brauchte. Nur fünf Minuten später lief ich mit einem gefüllten Tablett zurück zu unserem Tisch und Carlie lächelte mich an, als ich es vor ihr abstellte.

»Für wie viele Menschen hast du denn Essen geholt, Süße?« Ich war froh, dass sie ihren Humor zurückhatte und mich mit einem Kosenamen ansprach. Ihre Trauer und Angst schienen sich etwas verzogen zu haben, doch meine Wut kochte weiterhin in mir wie in einem Kessel. Ich wollte ... Ich wusste nicht, was ich wollte, doch ich war mir sicher, dass ich ihrem Vater weh tun wollte.

»Hast du etwa die Hauptzutat vergessen?« Carlie schaute mich auffordernd an und erst dann begriff ich. Ich holte ein kleines Glas Nutella aus meiner Jackentasche und stellte es auf den Tisch.

»Wie könnte ich denn?«, fragte ich und das Lächeln auf Carlies hübschem Gesicht wurde breiter. Ihre Kurven wurden von der Bluse, die sie heute trug, noch mehr betont und ich hätte mir so gewünscht, mit ihr in dem Schutz unserer Wohnung zu sein. Wo sie nichts zu befürchten hatte und wir ohne Angst zusammen sein konnten.

Der Mann von gestern spukte mir für einen Moment zurück in den Kopf. Schnell sperrte ich ihn aus. Er hatte keinen Platz in meinem – unserem – Leben.

Carlie nahm sich eine Fritte und holte mit einem Löffel einen großen Klacks Nutella heraus. Sie tunkte die frittierte Kartoffel in den Aufstrich und steckte sie sich dann in den Mund. »Wow«, murmelte sie und ich konnte nicht anders, als zu lachen. Carlies Gesicht war so voller Genuss, dass man hätte meinen können, sie hätte eine neue Tortenkreation probiert, aber nicht eine Fritte mit Schokocreme.

Wir aßen fast in Schweigen, was nicht unangenehm war. Ich wollte, dass Carlie sich stärkte und später konnte ich sie noch immer nach ihrer Familie fragen. Doch gerade hatte ich als Freundin eine andere Aufgabe: Ich wollte Carlie wieder von Herzen lächeln sehen. Genauso wie sie mich, wenn ich mich vor Trauer um meine Mutter einigelte und hoffte, dass es mich bald traf, damit ich sie – vielleicht – wiedersehen konnte. Carlie ließ mich nicht im Stich und genauso wenig würde ich sie allein lassen.

Nach fast einer Stunde hatten wir alle Pommes verdrückt und das Glas Nutella war auch fast geleert. Satt lehnte ich mich in dem Stuhl zurück und Carlie tat es mir gleich. Manche Menschen hätten sich bei einer solchen Kreation schon früher übergeben, doch ich war froh, dass meine Freundin wohl einen ähnlich starken Magen hatte wie ich. Nach einer weiteren Minute des Schweigens entschied ich mich, zu sprechen: »Wie lange geht das in deiner Familie schon so?«

Carlie schien nicht überrascht, dass ich fragte. Es fühlte sich eher an, als hätte sie damit gerechnet, dass ich das Thema nicht den ganzen Abend über würde ruhen lassen können. Ihr Vater hatte sie geschlagen! Das konnte ich nicht vergessen.

»Schon seit ich ein Kind bin. Mein Vater hat Probleme mit Aggressionsattacken, aber er will sich nicht helfen lassen. Er hat mich schon einmal so verprügelt, dass ich genäht werden musste. Meine Mutter stört es schon fast nicht mehr, weil sie sich in der Regel im Bad einschließt, wenn er wütend wird ...«

Ich musste schwer schlucken. Ihre Mutter schloss sich ein? Das konnte doch kein Dauerzustand sein!

Carlie fuhr fort: »Ich war deshalb als Kind eigentlich immer mit Freunden weg, vor allem mit John. Er war mein bester Freund, bis er mit dem Fahrrad in einen Unfall verwickelt war. An einem Mittwoch hat ein Mercedes ihn zwischen sich und eine Hauswand eingeklemmt. Er war sofort tot.«

Ich wollte ihr sagen, wie leid mir das tat, doch ich fand keine Worte. Carlie schien es nicht zu bemerken, sie sprach weiter und hielt ihren Blick auf die leeren Verpackungen der Pommes gesenkt: »Nach seinem Tod wusste ich nicht, wohin mit mir. Ich war dann wieder häufiger Zuhause, aber ich hielt die Attacken nicht aus. Ich wollte einmal zum Jugendamt, doch mein Vater hat in einem seiner Wutanfälle gesagt, dass er ... dass er mich dann umbringen würde. Seitdem gehe ich ihm aus dem Weg, verbringe meinen Tag entweder bei der Arbeit oder sonst wo, damit ich ihm nicht begegnen muss. Nur heute Morgen ... hat es nicht geklappt. Ich will schon lange ausziehen, aber das Geld reicht vorne und hinten nicht und er will nicht, dass ich ausziehe. Vielleicht denkt er, dass ich dann eher ... rede.«

Das machte Sinn. Ihr Vater hatte Angst, dass Carlie zur Polizei gehen würde. Von ihrer

Mutter konnte sie wohl keine Hilfe erwarten. Noch immer streichelten meine Finger die ihren und ich konnte ihr ansehen, wie ihr die Berührung guttat.

»Deshalb war ich auch auf dem Friedhof«, murmelte Carlie und zupfte sich nervös am Daumen ihrer freien Hand, »ich habe manchmal das Gefühl, dass ich nur mit John an seinem Grab sprechen kann. Deshalb bin ich oft dort, jeden Mittwoch und wenn ich sonst noch kann. Ich habe nicht wirklich Freunde.«

Mein Herz verkrampfte sich schmerzhaft und am liebsten hätte ich allen Schmerz aus Carlies Körper gesaugt, damit er sie nicht mehr verletzen konnte. Sie war eine so wundervolle Frau. Das hatte sie nicht verdient. Ich war nicht gut darin, zu beschreiben, was ich fühlte, auch wenn ich Tagebuch schrieb.

Für einen Moment dachte ich darüber nach, ihr von meinen Tagebucheinträgen zu erzählen, doch ich hatte Angst, dass sie sie als kindisch abstempeln würde. Deshalb setzte ich anders an: »Jetzt hast du mich.«

Die vier Worte waren direkt, aber sie waren genau das, was ich ihr vermitteln wollte. »Ich bin immer für dich da, was auch ist. Ich lasse dich nicht allein.«

Carlie schaute mich an, als wäre ich ein Juwel, das sie in einer verlassenen Höhle gefunden hatte. Dann drückte sie meine Hand fest, die noch immer auf ihrer lag, und ihre braune Augen wurden zu flüssiger Schokolade. »Ich bin auch immer für dich da.«

Es waren nur ein paar Worte, doch sie wogen schwer. Als hätten wir uns hier, in einem Fast Food-Restaurant, in dem es nach Frittiertem stank, ein Wort gegeben. Nicht das Ja-Wort in der Kirche, aber ein Wort, das uns fast genauso viel bedeutete. Wir waren nicht mehr allein. Keine von uns.

Gegen elf verließen wir das Restaurant und ich wusste, wohin ich Carlie noch bringen musste, dass sie endgültig vergessen konnte, was passiert war. Falls das überhaupt möglich war ...

Wir liefen durch die Stadt und hielten bei *Ice*

Cream Queens, wie schon bei unserem ersten Date. Ich hielt Carlies Hand fest in meiner und in diesem Augenblick wurde mir bewusst, dass es mich nicht interessierte, was andere dachten. So sicher hatte ich mich noch nie gefühlt – zumindest nicht, nachdem meine Mutter uns verlassen hatte – und wenn dies für Menschen falsch war, dann war es das eben. Für mich war es richtig.

Der Laden roch nach den feinsten Köstlichkeiten und es war uns egal, dass wir schon den Bauch voller Fritten und Nutella hatten; wir bestellten dasselbe wie bei unserem ersten Date, das erst wenige Tage hinter uns lag, obwohl es sich anfühlte, als wären Jahre vergangen.

Den Abend sprachen wir nicht mehr über Carlies Familie und als wir kurz nach Mitternacht bei mir Zuhause ankamen, war die Wohnung leer – genau so, wie ich es mir gedacht hatte. Ich fühlte, wie die Müdigkeit von Carlie abstrahlte, deshalb führte ich sie sofort in mein Schlafzimmer und wir warfen die

Klamotten des Tages einfach auf den Boden.

Ich lieh ihr ein Schlafshirt, das zwar etwas knapp war, aber so keine ihrer wundervollen Kurven verdeckte. Dann legten wir uns zusammen in mein Bett und Carlie war in nur wenigen Minuten tief und fest eingeschlafen.

Vorsichtig, damit ich sie nicht weckte, griff ich mit meinem freien Arm in den Nachttisch, wo mein Tagebuch lag, und schlug es umständlich auf die aktuelle Seite auf.

So komisch es klang, aber Carlies Schmerz war mein Schmerz und doch hatte er mir etwas bewiesen. Ich fühlte mich, als hätte ich sie so noch näher kennengelernt. Als hätte sie ein Tor für mich geöffnet, das sonst womöglich für immer verschlossen geblieben wäre.

Ich zog mit meinem Mund den Deckel von einem Kugelschreiber und begann zu schreiben. Über jedes Gefühl, das Carlie in mir auslöste. Alles, was ich mit ihr erleben wollte und besonders der letzte Satz wurde mir erst wahrlich bewusst, als er sich auf dem Papier eingeprägt hatte. Jetzt gab es kein Zurück mehr:

Ich glaube, ich liebe Carlie.

Kapitel 11

Heute, am 14. Februar 2019, wäre meine Mutter fünfzig Jahre alt geworden.

Die Schwere dieser Erkenntnis lag auf mir wie eine Decke und ich konnte kaum atmen. Wie hatte ihr Leben nur so früh enden können? Sie war doch noch so jung gewesen!

Langsam setzte ich mich im Bett auf und ich hasste die Tatsache, dass ich allein aufwachte. Carlie war für eine Nacht wieder nach Hause gegangen, weil sie Angst hatte, dass die Wut ihres Vaters sich nur steigern würde, wenn sie sich gar nicht mehr blicken ließ. Doch sie schloss ihre Zimmertür hinter sich ab und ließ es mich sofort wissen, wenn es auch nur das kleinste Problem gab. Ich hatte sie zwar mit einem unguten Gefühl gehen lassen, doch ich konnte sie nicht an mich ketten. Wir waren kaum einen halben Monat zusammen und doch fühlte es sich länger an. Carlie bedeutete mir so viel, dass ich es kaum in Worte fassen konnte und meist schrieb ich lange Vergleiche in mein Tagebuch, die ihr nicht einmal im Ansatz gerecht wurden.

Mit der Trauer um meine Mutter und der Angst um Carlie im Körper stand ich auf und stieg unter die Dusche. Ich hatte erwartet, meinem Vater auf dem Weg zum Bad zu begegnen, doch es schien, als wäre er nicht Zuhause. Noch nicht einmal an dem Tag, an dem seine Frau Geburtstag gefeiert hätte und von Zoe wollte ich erst gar nicht anfangen. Seit unserem Streit hatten wir uns nicht mehr gesehen und nicht geschrieben. Ich wüsste nicht, was ich sagen sollte, falls ich überhaupt irgendetwas sagen wollte.

Es war Donnerstag und ich musste eigentlich arbeiten, doch ich hatte mir heute und morgen Urlaub genommen, weil ich schon gewusst hatte, dass ich es sonst nicht durch die Tage schaffen würde. Ich musste meiner Trauer ihren Raum lassen und sie nicht einfach herunterschlucken.

Die Dusche brachte mich ein wenig zurück

zu den Lebenden und ich beschloss, trotz Eis und kalter Temperaturen, an das Grab meiner Mutter zu gehen. Ich konnte zwar – wenn auch nur im übertragenen Sinne – in meinem Tagebuch mit ihr sprechen, doch heute wollte ich an den Ort, an dem ihr Körper lag. Was ich mir davon versprach, wusste ich nicht, doch ich hoffte, dass sie auf mich herabschaute und sich freuen würde, dass ich sie an ihrem Geburtstag besuchte.

Ich brühte mir gerade eine Tasse Kaffee, als mein Handy klingelte. Es waren zwei Pieptöne nacheinander, die den Eingang von zwei Nachrichten anzeigten. Ich entsperrte das Handy und sah, dass sie beide von Carlie waren:

Hey, ich bin endlich von Zuhause weg und auf dem Weg zur Arbeit. Du musst dir keine Sorgen mehr machen, Süße. <3

Die zweite WhatsApp-Nachricht war ein paar Sekunden später angekommen:

Sehen wir uns heute Abend? Ich habe um 16 Uhr Feierabend.

Ich war froh, dass Carlie den Abend mit mir verbringen wollte und sagte sofort zu. So würde ich ihn nicht allein zubringen müssen und mein Vater hatte mir schon gesagt, dass er die ganze Woche Abend- und Nachtschicht schob. So komisch es klang, aber wenn es um Carlie ging, war ich froh, dass mein Vater und meine Schwester so selten zu Hause waren. Wie hätte ich ihnen erklärt, dass ich ... mit meiner Freundin die meiste Zeit verbrachte? Sie wussten nicht einmal, dass es sie gab ...?

Ich presste die Lider fast schon schmerzvoll herab. Meine Mutter hätte es gewusst, sie hätte es förmlich gespürt. Doch sie war nicht mehr hier.

Die meisten Menschen auf der Beerdigung meiner Mutter hatten mir schräge Blicke zugeworfen, weil ich kein Schwarz getragen hatte. Stattdessen hatte ich die Kleidung ausgesucht, von der mir meine Mutter immer gesagt hatte, dass sie sie hübsch fand. Ein knielanges Kleid, das mit dunkelblauen Schnörkeln auf weißem Grund verziert war, ein paar schöne Stiefeletten und ihre Jacke, die ich nach ihrem Tod an mich genommen hatte.

Heute trug ich dasselbe. Warum, wusste ich nicht so genau, doch ich konnte es nur so erklären, dass ich für meine Mutter hübsch sein wollte. Gerade, da heute ihr Geburtstag war.

Ich leerte den letzten Schluck des Milchkaffees mit Sahne und machte mich dann auf den Weg zum Friedhof. Immer wieder checkte ich mein Handy, in der Sorge, Carlie könnte doch noch in ihren Vater hineingelaufen sein und es war zum Streit gekommen. Doch mein Handy blieb stumm.

Wenn ich ehrlich war, hatte ich gehofft, dass sich Zoe spätestens jetzt melden würde, an Mamas Geburtstag, doch bisher hatte ich keine Nachricht bekommen. Doch ich konnte nicht den ersten Schritt machen; ich hatte nichts falsch gemacht. Vielleicht war ich etwas zu impulsiv gewesen, aber sie musste verstehen, wie die letzte Zeit für mich gewesen war.

Ich nickte vor mich hin, als müsste ich mich selbst in meinen Worten bestätigen, und bog an einer Ampel links ab. Ich war nicht mehr auf dem Friedhof gewesen seit dem Tag nach der Beerdigung, an dem ich Carlie zum ersten Mal gesehen hatte. Nie hätte ich mir träumen lassen, dass ich einmal mit ihr glücklich sein würde. Dass ich überhaupt jemals wieder glücklich sein würde ...

Ich fuhr am Eingangstor des Friedhofs vorbei und stellte den Wagen nur wenige Meter davon entfernt ab. Der große Parkplatz war vereist und deshalb gesperrt, nur an der Gärtnerei des Friedhofs war ein Platz frei. Ohne lange nachzudenken, lief ich in die Gärtnerei und was mir entgegenschlug, war nicht nur Wärme, sondern der himmlische Geruch nach verschiedenen Blumen und Pflanzen. Es roch lieblich, süßlich und frisch zugleich. Ich nahm ein paar Atemzüge mehr, als ich gebraucht hätte, doch es duftete einfach zu gut.

»Kann ich helfen?«, fragte ein junger Mann, der lächelnd auf mich zu lief. Unwillkürlich lächelte ich zurück. Ich schaute mich einmal etwas unsicher um und er schien zu bemerken, dass ich von Pflanzen wenig Ahnung hatte.

»Wonach suchen Sie?«, stellte er die richtige Frage und ich musste nicht lange überlegen: »Meine Mutter wäre heute fünfzig Jahre alt geworden. Ich will ihr etwas Tolles für das Grab kaufen, mit Lilien.«

Der junge Mann – mit hellblonden Haaren und strahlend blauen Augen - lief hinter den Tresen und vorbei an einer Reihe verschiedenfarbiger Rosen. Dann bückte er sich und tauchte erst mit einem wunderschönen Bukett wieder auf. Der Strauß war bunt und gleichzeitig nicht überladen. Rosen, Lilien und Veilchen fanden sich in dem Blumenmeer und die Farben wechselten sich in einem grandiosen Farbenspiel ab.

»Dieser könnte Ihnen gefallen«, meinte er mit einem Grinsen auf dem Gesicht und mir wurde klar, dass mir die Bewunderung aufs Gesicht geschrieben stehen musste. Ich nickte und staunte noch mehr, als er mir den großen Strauß entgegenhielt. »Ich habe ihn vorher gebunden und gedacht, ich könnte ihn ausstellen. Aber für diesen Anlass scheint er perfekt.«

Ich konnte nur zustimmen und roch an den unterschiedlichen Blumen, die mir die Knie weich werden ließen. Normalerweise hätte ich sofort nach dem Preis gefragt, doch nicht heute. Heute war mir nichts zu teuer.

»Ich nehme ihn«, sagte ich und der junge Mann nickte eifrig. Er nahm das Bukett noch einmal hinter die Theke und schnitt die Blumenstängel auf dieselbe Länge, damit sie in eine Vase passten. Natürlich ... die brauchte ich auch noch.

»Könnte ich noch eine passende Vase haben?«, fragte ich und kam mir in dem

Moment so wenig vorbereitet vor wie ein Student, der frisch an die Uni kam. Doch der junge Mann schien mich nicht zu verurteilen, sondern lief in den abgeschlossenen Raum hinter der Theke und kam mit einer großen, dunkelgrünen Vase wieder hervor. »Passt Ihnen die?«

Jetzt war ich es, die nickte und der junge Mann grinste schief. Erst in diesem Moment fiel mir auf, wie gutaussehend er war. Es wirkte, als würde das Lächeln sein ganzes Gesicht erhellen und es bildeten sich kleine Grübchen um seine Augen.

Ich schüttelte den Kopf, als könnte ich die Gedanken hinausscheuchen, und wartete brav, bis er meinen Strauß fertig gekürzt und in die Vase platziert hatte. Dann griff er unter den Tresen und hielt mir zwei Päckchen hin. »Das sind Frischhaltemittel für die Blumen. So halten sie länger, auch wenn es sein kann, dass sie bei diesem Wetter gefrieren.«

»Super, danke.« Der junge Mann hielt die Päckchen noch in den Fingern und ließ sie nicht los. »Mein Name ist übrigens Adam.« Meine Augen wurden groß und ich wurde merklich nervös. »Ich ... ich bin Alice.«

Sein Lächeln wurde noch breiter - was ich vor ein paar Minuten für unmöglich gehalten hätte – und ich grinste nervös zurück, weil ich nicht wusste, was ich sonst tun sollte. Ich trat ein paar Schritte zurück und Adam schien zu bemerken, dass ich gehen wollte. Er hielt mir den Strauß in der Vase hin und ich nahm ihn an mich. »Wie viel kostet er?«, fragte ich – etwas heiser – und schien ihn dadurch noch mehr zu amüsieren. »Fünfundzwanzig Euro, bitte.«

Ich zog meine Stirn in Falten. »Nur? Ich dachte, die Sträuße seien viel teurer.« Ich dachte laut, doch Adam schien es nicht komisch zu finden. Er lehnte sich etwas in meine Richtung und murmelte: »Für hübsche Frauen kostet er fünfundzwanzig Euro.« Ich bedankte mich stammelnd und legte ihm das Geld in Scheinen auf den Tresen.

»Ich hoffe, wir sehen uns mal wieder«, sagte

er und ich nahm den Strauß in den Arm. »Würde mich auch freuen«, stotterte ich und genoss die kalte Luft, die mir hinter der durchsichtigen Automatiktür entgegenschlug. Was war das gewesen? Der Mann – Adam – hatte auf jeden Fall mit mir geflirtet. Doch warum war ich so nervös geworden? Dass ich nichts von ihm wollte, lag für mich auf der Hand, denn ich ... ich liebte Carlie. Ja, ich liebte sie. Doch wenn ich Frauen mochte, warum konnte mich ein Mann dann noch zu so etwas bringen? Was, wenn ich doch nicht nur Frauen mochte ...?

Ich lief immer näher an den Eingang des Friedhofs und beschloss, dass dies Gedanken für einen anderen Tag waren. Heute war ich hier wegen meiner Mutter, nicht um meine Sexualität festzulegen. Ich würde Carlie nie betrügen und hatte es auch nicht, darauf kam es an. Um die Gedanken, die mir bei Männern in den Kopf kamen, konnte ich mich später noch sorgen.

Einige der Wege waren vereist und ich

rutschte mehr zum Grab meiner Mutter, als dass ich lief. Doch es dauerte keine zehn Minuten und ich war angekommen. Das Grab sah auf eine merkwürdige Weise wunderschön aus, da noch einige Blumen und Gestecke darauf lagen, die von Kollegen, Familienmitgliedern oder Freunden für die Beerdigung gekauft worden waren. Sie tauchten das Grab in bunte Farben und als hätte das Grab mitgedacht, gab es einen freien Platz neben dem Grabstein, auf dem der Name *Cynthia Heights* eingraviert war, der perfekt für meinen großen Strauß war.

Ich beugte mich hinunter und presste die Vase in den gefrorenen Boden. Es brauchte einige Kraft, doch bald stand der Strauß und ich lächelte. Ich wusste, dass er meiner Mutter gefallen hätte und wenn ich mich nicht so geniert hätte, hätte ich ihr *Happy Birthday* gesungen. Stattdessen flüsterte ich meine Worte: »Alles Gute zum Geburtstag, Mama.«

Tränen stiegen in mir auf und ich versuchte nicht, sie zu stoppen. Heute durfte ich weinen.

»Weißt du, was wir jetzt eigentlich machen würden?«, fragte ich und ein trauriges Lächeln stahl sich zwischen meine Tränen. »Wir würden Essen gehen und danach würden wir alle Leckereien in der Wohnung zusammensuchen und sie bei einem tollen Film im Fernsehen essen.«

Tränen fielen auf meine Brille, weil ich den Blick auf das Grab gesenkt hatte, doch es störte mich nicht. Ich gab mich dem Schmerz hin, der mich noch mehr lähmte als die Kälte des Februartages.

»Ich vermisse dich so, Mama.«

Ich weinte und fast wartete ich darauf, dass sie mir Antwort gab. Dass sie mir sagte, dass ich nicht traurig sein sollte. Doch sie war nicht hier. Meine Mama war nicht mehr hier.

Bevor mich die Trauer in einen Abgrund ziehen konnte, hob ich den Kopf und erst dann fiel mir der neue Strauß Rosen auf, der unten am Grab abgelegt worden war. Er sah so neu stammen konnte. Ich ging in die Knie und hob ein kleines Zettelchen, das an einem

Rosenstiel befestigt war:

Happy Birthday! xoxo Ich vermisse dich.

Konnte die Nachricht von Zoe sein? Konnte meine Schwester schon hier gewesen sein? Oder war sie vielleicht von meinem Vater? Doch würde er *xoxo* schreiben?

Für einen Moment keimte ein Funken Hoffnung in mir auf. Ich war nicht die Einzige, die meine Mutter vermisste. Vielleicht versteckte Zoe doch mehr Gefühle, als ich je gedacht hätte?

Obgleich ich kaum atmen konnte, ohne zu schluchzen, fühlte ich mich etwas weniger allein. Als wäre jetzt nicht nur Carlie an meiner Seite, sondern auch jemand, der den Schmerz mit mir teilte. Carlie trug eine andere Art von Schmerz in sich, von der ich hoffte, dass sie bald enden würde, doch meine eigene Pein würde das nicht. Vielleicht ging es noch jemandem so ...

Nach einer weiteren Viertelstunde am Grab

machte ich mich langsam auf den Weg zurück, aber nicht ohne einen Abschied: »Ich vermisse dich so, Mama. Feier schön, wo auch immer du bist.«

Noch immer liefen mir Tränen die Wangen hinab, doch die Aussicht, dass Carlie später bei mir sein würde, machte es besser. Ich war nicht allein, nicht allein auf dieser Welt. Und das nicht nur, weil meine Mutter von oben auf mich herabsah. Der junge Mann der Gärtnerei kam mir noch kurz in den Kopf, doch es fiel mir leicht, ihn an diesem Tag zu verdrängen. Jetzt würde ich die Wohnung auf Vordermann bringen bis Carlie kam. Hoffentlich würde sie die kommende Nacht bleiben und das nicht nur, weil ich nicht allein sein wollte. Ich wollte, dass sie sicher war, sonst konnte ich kaum schlafen. Vielleicht war das der Preis. Der Preis, den man für die Liebe zahlte.

Auf dem Weg nach Hause hatte ich ein paar Zutaten eingekauft und war gerade dabei, Zwiebeln zu schneiden, als es an der Tür klingelte. Den ganzen Tag hatte ich geweint, doch das Make-up, das ich frisch aufgetragen hatte, verdeckte die meisten Spuren. Ich wollte nicht, dass Carlie sich Sorgen machte.

Eilig lief ich zur Tür und drückte auf den Knopf, der die untere Eingangstür öffnete. In nur wenigen Sekunden würde Carlie wieder bei mir sein und es war ein so wunderschönes Gefühl. Endlich war der Moment gekommen.

Carlie lief die letzten Stufen herauf und ich stand ungeduldig in der Tür, als erwartete ich, sie würde sich hochbeamen. Ihre Haare mit den bunten Spitzen trug sie offen und sie fielen ihr an der rötlichen Brille entlang auf die Schultern, die in eine weiße Bluse gehüllt waren, die für diese Jahreszeit eigentlich zu leicht war. Die schwarze Jeans, die ihr um die Hüften etwas spannte, betonte ihre Kurven und rundete das perfekte Bild ab, das meine Freundin war.

Unwillkürlich schaute ich zu ihrem Arm, als könnte ich an der Schwere des Mals auf ihrem Körper erkennen, was sie noch immer emotional durchmachte, doch die Spuren des Staubsaugerkabels waren von der weißen – und dennoch blickdichten – Bluse verdeckt.

Vielleicht ist es besser so, dachte ich und sank in Carlies Arme, die sie für mich ausgebreitet hatte. Ihr Duft schlug mir sofort entgegen und am liebsten hätte ich ihn in Flaschen abgefüllt, damit ich ihn nie wieder missen musste.

»Hey, Hübsche«, raunte Carlie mir ins Ohr und ich verstärkte den Druck um ihren Körper ein wenig mehr. Sie fühlte sich so gut an und am liebsten hätte ich geseufzt, doch ich traute mich nicht. Was würde sie wohl von mir denken?

Viel zu früh löste sich Carlie aus unserer Umarmung und steckte ihre linke Hand in die Hosentasche, um ein kleines Schächtelchen hervorzuziehen. Ich zog die Stirn in Falten und sie schien den verwirrten Ausdruck auf meinem Gesicht zu bemerken.

»Alles Gute zum Valentinstag.«

Mein Gesicht gefror. *Shit. Heute ist der 14.*

Februar.

Bisher hatte ich nie Anlass gehabt, mich um den Valentinstag zu kümmern, da ich nie in einer Beziehung gewesen war. Aber jetzt hätte mir die Werbung auf Plakatwänden und im Fernsehen auffallen müssen, doch ich war so mit dem Geburtstag meiner Mutter beschäftigt gewesen, dass ich sie verdrängt hatte.

Noch immer hielt Carlie mir die kleine Box hin und schüttelte sie ein bisschen, wahrscheinlich um meine Aufmerksamkeit zurückzugewinnen. »Alles okay?«, fragte sie nach ein paar Momenten und ich überlegte fieberhaft, was ich sagen könnte. Letztlich entschied ich mich für die Wahrheit: »Entschuldige bitte, ich habe ganz vergessen, dass heute Valentinstag ist. Heute wäre meine Mutter fünfzig Jahre alt geworden ...«

Carlie ließ mich nicht aussprechen. Ohne Vorwarnung presste sie ihre weichen Lippen auf meine und erstickte jeden Keim eines neuen Satzes, den ich hätte beginnen wollen. Erst als ich kaum mehr Luft in den Lungen hatte, lösten wir uns voneinander.

»Es ist überhaupt nicht schlimm, dass du es vergessen hast. Ich wollte dir das hier schon eine Weile geben.« Carlie klang fast nervös und endlich nahm ich das kleine Kästchen an mich. Ich bedeutete Carlie, in die Wohnung zu gehen, und schloss die Tür hinter uns. Noch im Gang machte ich mich daran, das kleine Schlüpfchen auf der Verpackung zu lösen und mit angehaltenem Atem hob ich den Deckel. Was mir entgegenstrahlte, war eine silberne Kette mit einem kleinen runden Bukett – ebenfalls aus Silber - das aussah wie ein Bausch aus den wunderschönsten Blüten.

»Wow«, brachte ich heraus und konnte den Blick kaum von dem beeindruckenden Schmuckstück nehmen. Carlie grinste und langte nach der Kette. Langsam hob sie sie in die Höhe und die Blüten glänzten im Schein der Lampe, die an der Decke befestigt war. Ebenso bedächtig lief Carlie um mich herum und legte mir die Kette um den Hals. Sie fühlte sich kühl an gegen meine warme Haut und doch wollte ich sie nie wieder abnehmen.

Carlie zog mich an der Hand vor den Spiegel, der einen Großteil des Gangs einnahm, und ich bestaunte das Schmuckstück, das um meinen Hals baumelte. Carlie räusperte sich leise: »Die Blumen hier sind Chrysanthemen. Sie stehen für die Verbindung zwischen Leben und Tod und ich dachte, vielleicht erinnern sie dich an deine Mama und vielleicht ...« Sie holte einmal tief Luft. »Vielleicht auch an mich ... weil ich gern mit dir zusammen sein würde bis ... Ich weiß, wir sind noch nicht so lange ...«

Ich konnte förmlich fühlen, wie sie nach Worten ringte, und ich drehte mich zu ihr und sprach die zwei Worte, die mir so sehr auf der Seele brannten: »Ich auch.«

Carlies Mund formte sich zu einem breiten Lächeln und ich grinste mit ihr. In diesem Moment wollte ich nirgends anders sein und ich machte mir eine Notiz in meinem vergesslichen Kopf, dass ich Carlie ein Geschenk besorgen musste, auch wenn es ein wenig zu spät kam.

»Hast du Lust zu kochen?«, fragte ich nach ein paar Momenten und drückte Carlie einen Kuss auf die Nasenspitze.

Warum auch immer erschien mir für einen kurzen Moment das Gesicht des Verkäufers im Blumenladen – Adam – und das nicht, weil ich ihn gern statt Carlie geküsst hätte, sondern mehr, weil ich mich fühlte, als kannte er ein Geheimnis über mich, das ich selbst noch nicht verstand. Schnell schob ich den Gedanken beiseite und zog Carlie in die Küche.

Ich räumte gerade die letzten Teller in die Spülmaschine, als ich endlich beschloss, mir ein Herz zu fassen. Der Abend war bisher wundervoll gewesen und wir hatten nicht nur gut gegessen, sondern uns auch über leichte Themen unterhalten, als wüssten wir beide, dass das genau das war, was wir brauchten. Doch ich konnte das Thema nicht mehr umschiffen. Ich musste mit ihr darüber reden.

Zuerst dachte ich daran, ihr von den Blumen auf dem Grab meiner Mutter zu erzählen, doch es hätte uns wahrscheinlich nur noch mehr von dem Thema entfernt, das ich eigentlich ansprechen wollte.

Gründlich wusch ich die Hände und drehte mich zu Carlie, die noch am Esstisch in der Küche saß und einen Schluck Limonade nahm. Ich räusperte mich und begann ohne Umschweife zu sprechen: »Wie war es bei dir Zuhause?«

Ich konnte sehen, wie sich Carlie versteifte und am liebsten hätte ich die Worte zurückgenommen, obwohl das überhaupt nicht sinnvoll gewesen wäre. Wir konnten nicht immer die schweren Themen umgehen; wir mussten sie ansprechen. Ob Carlie es bemerkte oder nicht, wusste ich nicht, doch ihre Hand fuhr unwillkürlich zu der Stelle, an der ihr Vater das hässliche Mal seiner Gewalt hinterlassen hatte.

»Ich habe meinen Vater heute Morgen nicht gesehen, aber ich habe viel nachgedacht.«

Carlie stand auf und das wahrscheinlich nur, um ihrem Körper mehr Freiraum zu geben, denn sie begann sofort auf ihren Fußsohlen zu wippen. »Ich will von dort ausziehen und mir ist egal, was mein Vater dann mit mir macht. Ich will nicht länger dorthin zurückgehen müssen.«

Ich nickte verständnisvoll und versuchte, mir nicht anmerken zu lassen, wie sehr mich diese Entscheidung freute. »Du kannst immer hierbleiben, das weißt du, oder?«

Carlie lächelte bei meinem Angebot, holte dann aber ihr Handy aus der Tasche und hielt es mir vor die Nase. Geöffnet war ein Inserat bei einem Immobilienportal. Es war eine – soweit ich es beurteilen konnte – schöne Zweizimmerwohnung abgebildet, die nicht weit von meinem Zuhause lag. Allein der Preis der monatlichen Miete ließ mich schwer schlucken.

Carlie nickte wortlos und sie schien zu wissen, was mir ins Auge gefallen war. »Ich will morgen mit meinem Chef sprechen.

Vielleicht kann ich extra Schichten übernehmen und mir dann einen Mitmieter suchen ...«

Ich meinte, in ihren Worten eine Einladung zu erkennen, doch ich war mir nicht sicher. Sprach sie davon, dass ich mit ihr in eine Wohnung ziehen sollte? Wir waren doch erst so kurz zusammen. Ich wusste, dass dies nicht das war, was mich zögern ließ. Meine Mutter hatte in dieser Wohnung gelebt und wenn ich weg war, war niemand mehr hier, der sie in diesen Wänden so sehr vermisste wie ich. Mein Vater war kaum da und wenn meine Schwester jemals wieder kommen sollte, würde es sie wahrscheinlich kaum kümmern. Ich konnte nicht einfach ... Nein, das kam nicht infrage.

Carlie schien mein Schweigen richtig zu deuten und steckte das Handy sofort wieder in ihre Hosentasche. Der Schmerz stand ihr in die Züge geschrieben, doch ich wusste nicht, was ich sagen sollte. Ich konnte nicht erklären, warum ich nichts sagte, auch wenn sie mir so viel bedeutete. Ich konnte nicht.

Plötzlich wog der Anhänger um meinen Hals Zentner und ich hatte Angst, dass Carlie ohne ein Wort gehen könnte. Und all das, weil ich mich selbst nicht verstand.

Manchmal fragte ich mich, wie andere Menschen es schafften, Entscheidungen zu treffen. Bei mir fühlte es sich immer an, als müsste ich tausend Dinge beachten, die mir am Ende nichts brachten als Kopfschmerzen.

Carlie sah aus, als würde sie überlegen, was sie tun sollte, doch schien sich dann zu entscheiden, nicht zu gehen. Langsam kam sie auf mich zu und legte ihre Arme sanft um mich. »Ich kann mir nur vorstellen, wie du dich am Geburtstag deiner Mama fühlen musst ...«

Carlie war zu selbstlos. Ich wusste, dass ich ihr irgendwann etwas zurückgeben musste. Ich konnte nicht nur nehmen und nicht geben, doch in diesem Moment wusste ich nicht, was ich tun könnte. Ich konnte ihr nicht zu etwas zusagen, worüber ich noch nie nachgedacht hatte ...

Erst nach einigen Minuten ließ Carlie mich los und rückte ein paar Zentimeter von mir weg. »Bist du müde?«, fragte sie und erst jetzt spürte ich, dass ich es wirklich war. Meist kostete mich das Weinen viel Kraft, doch ich wollte die Müdigkeit einfach ignorieren. Carlie war hier, es war Valentinstag und ich wollte Zeit mit ihr verbringen.

Ohne groß darüber nachzudenken, lehnte ich mich nach vorn und presste meine Lippen auf Carlies. Für einen Augenblick hatte ich Angst, sie könnte den Kuss nicht erwidern, weil sie vielleicht doch sauer war, doch das war nicht der Fall. Sie küsste mich drängend zurück und ineinander verschlungen stolperten wir aus der Küche, den Gang entlang und ein paar Kleidungsstücke schafften es nicht in meine vier Wände, sondern landeten irgendwo wild im Gang. Wir stießen die Tür zu meinem Zimmer auf und Carlie kickte sie mit dem Fuß hinter uns wieder zu.

Ich verlor mich regelrecht in Carlie und in den nächsten Minuten ließ sie mich alles vergessen und ich hoffte, dass es ihr genauso ging. Dass nichts mehr zählte, als wir beide.

Gegen zwei Uhr morgens erwachte ich in Carlies Armen und spürte, wie ihr Körper sich sanft hob und senkte. Sie musste tief schlafen. Ich wusste nicht, was mich geweckt hatte. Der Vollmond stand am Himmel und erleuchtete mein Zimmer, vielleicht war er es gewesen, aber normalerweise war ich da nicht so empfindlich. Möglicherweise war es aber auch alles, was gestern passiert war: der Geburtstag, Adam, die Wohnung, der Valentinstag ...

Noch immer schwirrte mir der Kopf und ich bewegte mich leicht nach rechts, damit ich meine Arme sanft unter Carlies Körper hervorziehen konnte. Dann langte ich in meinen Nachttisch und holte mein Tagebuch heraus.

Ohne meine Gedanken zu ordnen, begann ich zu schreiben. Über jeden Gedanken, jede Angst, einfach alles.

Es war vier Uhr in der Früh, als ich fertig war, und mein Tagebuch war um einige Seiten reicher. Ich hätte viel dafür gegeben, auch eine andere Meinung zu haben, auf die ich zählen konnte, doch so langsam gewöhnte ich mich daran, dass ich mir nur ausmalen konnte, was meine Mutter gesagt hätte.

Dennoch fühlte ich mich um einiges leichter als zwei Stunden zuvor. Ich stellte meinen Wecker auf sechs Uhr – also würde er in weniger als zwei Stunden klingeln - doch ich wusste, dass Carlie morgen früh zur Arbeit gehen musste und auch wenn ich nicht arbeiten musste, wollte ich mit ihr aufstehen und frühstücken. Ja, sie vielleicht sogar zur Arbeit fahren.

Ich nickte zufrieden, platzierte meinen Kopf auf dem Kopfkissen und legte die Arme wieder sanft um Carlies vollen Körper. Dann schloss ich die Augen und schlief ein.

Kapitel 12

»Alice!«

Der Klang meines Namens ließ mich hochschrecken und fast wäre ich aus dem Bett gefallen, hätte Carlie nicht die Arme fest um mich geschlungen.

Ich wusste, zu wem diese Stimme gehörte. *Was zum ...? Mein Vater sollte doch bei der Arbeit sein! Vielleicht hat sich sein Plan kurzfristig geändert ...?*

Noch einmal donnerte mein Name durch die Wohnung und jetzt bewegte sich auch Carlie. »Was ist los?«, fragte sie in dem Moment, als die Tür zu meinem Zimmer aufgerissen wurde. Natürlich hatte ich sie nicht abgeschlossen, weil ich mich daran gewöhnt hatte, dass niemand Zuhause war, doch in diesem Moment wünschte ich mir, ich hätte es getan.

Mein Vater stand in der Zimmertür und bei dem Anblick, der sich ihm bot, wurden seine Pupillen so groß wie Tennisbälle.

Carlie hob den Kopf, doch unsere Körper

waren noch innig miteinander verschlungen und die Decke schirmte uns nur bedingt ab.

Für einen Moment schien mein Vater nicht zu wissen, was er sagen sollte; er stand einfach nur da. Ob ich die Situation retten konnte, wusste ich nicht, doch ich musste es zumindest versuchen.

Eilig zog ich mir die Bettdecke bis zum Kinn – ich hatte natürlich nichts an – und schaute in das geschockte Gesicht meines Vaters.

»Hallo Papa«, sagte ich nicht sehr einfallsreich und doch schien es zu genügen, denn er drehte sich auf dem Absatz um und zog die Tür hinter sich zu. Er schlug sie nicht zu, sondern tat es eher sanft, als hätte er Angst, er könnte sie mit zu viel Kraft zerbrechen.

»Shit«, meinte Carlie und griff nach ihrer Brille. »Soll ich gehen?«

Ich wusste nicht, wie ich mit der Situation umgehen sollte, doch ich wollte Carlie auf keinen Fall rauswerfen. Ein Blick auf mein Handy verriet mir, dass es fast sechs war und sie eh bald zur Arbeit musste.

»Nein«, antwortete ich etwas spät, »wir machen uns jetzt in Ruhe fertig. Mit meinem Vater spreche ich später.«

Carlie nickte und schien froh, dass ich sie nicht vor lauter Scham rauswarf. Doch warum sollte ich? Ich hätte meinem Vater eh früher oder später von ihr erzählt, also warum nicht jetzt?

Sanft strich mir meine Freundin mit dem Handrücken über die nackte Schulter und rollte sich dann mit einem Schubs über mich, sodass ihr Gewicht zu keinem Zeitpunkt auf mir lastete. Sie zog sich Unterwäsche, Hose und ihre Bluse an, die es wohl alle noch bis ins Schlafzimmer geschafft hatten. *Oh nein!*

Erst jetzt fielen mir die Kleidungsstücke ein, die wir auf dem Weg ins Schlafzimmer verloren hatten und ich wusste, dass ich knallrot anlief. Wenn mein Vater sie gefunden hatte ...

Carlie schien mein Unbehagen zu bemerken und legte mir eine Hand an die Wange. »Wir haben nichts Verbotenes getan, Baby. Mach es in deinem Kopf nicht zu einem Verbrechen.« Carlie hatte recht.

Ich nickte und stieg ebenfalls aus dem Bett. Zum Glück hatte ich den Kleiderschrank in meinem Zimmer und ich lief zu ihm, um mir eine frische Jeans, Unterwäsche und einen hellen Pulli herauszuziehen.

Schnell war ich angezogen und begleitete Carlie ins Bad, wo wir uns wuschen und die Zähne putzten. Als wir aus dem Badezimmer kamen, sah ich, dass mein Vater mit dem Rücken zu uns in der Küche am Tisch saß und dass neben der Eingangstür mein BH lag.

Oh Gott. Schnell hob ich ihn auf, wie auch mein Shirt, das ich auf dem Weg gestern *verloren* hatte, und schmiss sie in mein Zimmer.

»Willst du eine heiße Schokolade?«, fragte ich Carlie und wusste nicht, ob ich mir wünschte, dass sie bejahte oder verneinte. Ihr Blick fand meinen und sie schien zu verstehen, dass ich jetzt mit meinem Vater allein sprechen musste. Nachdem er uns ... in flagranti erwischt hatte.

»Alles gut, ich trinke eine auf der Arbeit.« Klar, kam es mir erst jetzt, sie saß ja an der Quelle.

Ich lächelte sie noch einmal an und beugte mich vor, um ihr einen Kuss auf die Lippen zu drücken. »Sehen wir uns später?«, fragte ich und Carlie nickte. Dann ließ ich sie gehen und bereitete mich innerlich darauf vor, mit meinem Vater in den Krieg zu ziehen.

Ganz langsam setzte ich einen Fuß vor den anderen und lief in die Küche. Es dauerte eine gefühlte Stunde, doch als ich neben meinem Vater zum Stehen kam, kam es mir vor, als wäre ich viel zu schnell gegangen.

Ich wusste nicht, was ich tun sollte. Sollte ich das Wort ergreifen und ihm sagen, dass ich Carlie mochte? Stattdessen entschied ich mich für die Hasenfuß-Variante und lief zur Kaffeemaschine, um mir meinen Lieblingsbecher bis zur Hälfte zu füllen. Den Rest füllte ich mit Milch auf und setzte eine

Sahnehaube oben auf.

Als ich den ersten Schluck aus der Tasse nahm, räusperte sich mein Vater: »Willst du mir etwas sagen?«

Zu meiner Überraschung klang er nicht wütend, nicht sauer, nicht angewidert – wie der Mann im Café, der uns beobachtet hatte. Wenn ich es nicht besser gewusst hätte, hätte ich gesagt, er klang neugierig.

Ich drehte mich von der Theke zu ihm und holte tief Luft: »Ich ... ich habe Carlie kennengelernt und wir verbringen viel Zeit miteinander.« Ich machte eine Pause, um mir die nächsten Worte zurechtzulegen: »Carlie hat ... Probleme Zuhause, deshalb ist sie oft hier.« Das war die Wahrheit und doch war es nicht die ganze. Aber ich konnte meinem Vater nicht all die Gefühle offenbaren, die ich mit Carlie zum ersten Mal erlebte und die ich selbst noch nicht einordnen konnte.

Mein Vater biss in ein Nutellabrot und kaute ohne Hast. Dann legte er den Rest des Brotes auf seinem Teller ab. »Denkst du, ich bin sauer?« Er schien bemerkt zu haben, dass ich nervös war und mir die Worte fehlten. Anstatt zu antworten, nickte ich einfach. Ein tiefer Atemzug verließ seinen Mund und er bedeutete mir mit den Augen, mich zu setzen.

»Ich weiß, dass ich kaum hier bin. Ich weiß das und ich weiß, dass ich mit Mamas Tod falsch umgehe, aber deshalb bin ich noch lange kein Arschloch.« Ich schaute bei dem Schimpfwort auf und verstand nur Bahnhof, ehe er fortfuhr: »Ich weiß, wie verloren du dich fühlen musst, seit Mama nicht mehr da ist und wenn dich diese Frau glücklich macht, dann bin ich froh. Mir ist egal, mit welchem Geschlecht du glücklich bist, Hauptsache du bist glücklich.«

Ich dachte, ich hätte mich verhört, doch er hatte die Worte wirklich gesagt. Noch immer leicht verunsichert schaute ich in sein Gesicht, das so viel älter wirkte, als noch vor einem Jahr. Er hatte mir die dunkelblonden Haare vererbt, nur seine wurden mit jeder Woche dünner. Dennoch trug er das leichte Lächeln auf dem Gesicht, das er bei jeder unserer Unterhaltungen zeigte.

Ich wusste nicht, was ich sagen sollte, denn nur eines kam mir in den Kopf. »Sie heißt Carlie«, brachte ich heraus und sein Lächeln wurde etwas breiter.

»Vielleicht kann Carlie ja mal zu einem gemeinsamen Essen kommen, ich würde sie gern kennenlernen.«

Ich hatte mich auf vieles eingestellt, doch nicht auf das. Ich wusste, dass mein Vater sich an Dingen wie Homosexualität nicht stieß und doch war es etwas ganz anderes, wenn sich die eigene Tochter outete. Bisher hatte er noch nicht einmal die Kleidung im Gang angesprochen, was ein gutes Zeichen sein musste.

Zum ersten Mal – seit Mama gegangen war – war ich meinem Vater dankbar und ich lief um den Tisch herum und legte die Arme um seinen Hals. Ich hatte Angst gehabt, meine Beziehung vielleicht verbergen zu müssen oder sie trotz seiner Ablehnung weiterzuführen, doch das genaue Gegenteil war der Fall. Erst nach einigen Momenten machte ich mich wieder los und kehrte auf meinen Stuhl zurück.

Mein Vater war noch nie ein Mann der vielen Worte gewesen, deshalb lächelte er mich nur an, zückte sein Messer und schnitt den Rest seines Nutellabrotes in zwei Hälften, von welcher er mir eine hinhielt. Auch ich grinste nur als Dankeschön und wir aßen in Schweigen. Die Stille war so entspannt, dass es sich anfühlte, als wäre alles gesagt und dafür war ich dankbarer, als ich es für einen langen Monolog gewesen wäre. Wir frühstückten zusammen, bis mein Vater sich auf den Weg zur Arbeit machte und mich in einer Wohnung zurückließ, die sich seit Langem wieder wie ein Zuhause anfühlte.

Kapitel 13

»Gott, ich bin so nervös.«

Carlie zupfte sich an der dunkelblauen Bluse herum und steckte sie schon zum gefühlt hundertsten Mal in ihre Hose. Ich drückte zärtlich ihre Hand und wir kamen vor dem Gebäudekomplex zum Stehen, in dem die Wohnung meiner Familie lag.

»Bitte sei nicht nervös.« Ich küsste sie sanft auf die Wange. Als ich ihr vor mehr als einer Woche gesagt hatte, dass mein Vater sich gern mit uns zum Essen treffen würde und sehr offen auf unsere Beziehung reagiert hatte, hatte sie meine Worte kaum glauben können.

Bei jedem guten Wort, das ich über meine Familie verlor, konnte ich fühlen, wie etwas in ihr brach. Als fragte sie sich jeden Tag aufs Neue, womit sie ihre kaputte und gewaltbereite Familie verdient hatte. Dasselbe fragte ich mich auch. Ich wollte nicht – nein, ich konnte nicht – aushalten, wie sie litt.

Noch immer war sie auf der Suche nach einer Wohnung, die bezahlbar war, doch bisher hatte sich nichts getan. Carlie hatte mich nicht wieder auf das Thema angesprochen, nachdem ich beim letzten Mal so abweisend reagiert hatte. Aber ich hatte bisher nicht die Zeit gehabt, mir Gedanken zu machen, ob ich schon in meinen frühen Zwanzigern mit jemandem zusammenziehen wollte. Ich liebte Carlie – das wusste ich – doch zusammenzuziehen war eine Hemmschwelle der anderen Art. Es zählten nicht Gefühle allein, sondern mehr die Finalität der Entscheidung, als könnte sie mein Leben in die eine oder andere Richtung drängen.

Die Kälte des Frühabends fraß sich durch unsere Kleidung und mit einem letzten ermutigenden Blick in Carlies Richtung schloss ich die Haustüre auf. Innen war es wärmer und ich spürte augenblicklich, wie Carlie sich entspannte.

Mein Vater hatte darauf bestanden, für heute zu kochen, und das hatte er auch durchgedrückt. Ich hatte keinen Finger rühren dürfen und war umso gespannter, was er in der Küche angestellt hatte.

Schnell waren wir die drei Stockwerke zu unserer Wohnung hinaufgestiegen – Carlie fuhr nicht gerne Aufzug – und ich hörte den tiefen Atemzug, den Carlie vor unserer Haustüre nahm. Langsam ließ ich meine Hand in die ihre gleiten und hielt sie fest. Ich wollte, dass sie sich nicht nur einen Moment bei unserem Treffen unwohl fühlte. Ich wusste nicht, ob mein Vater Kontakt zu Zoe hatte, doch ich hoffte inständig, dass er sie nicht dazu überredet hatte, heute Abend dabei zu sein. Ich wollte sie nach unserem Streit nicht an einem für mich so wichtigen Abend wiedersehen.

Wir traten in die Wohnung und mein Vater kam uns mit einem Küchenhandtuch über der Schulter entgegen. Er streckte die Hand aus und wartete nicht einmal, bis Carlie die Jacke ausgezogen hatte. »Ich bin Sam«, stellte er sich in einem netten Tonfall vor und Carlie schenkte ihm ein Lächeln. »Carlie.«

»Freut mich, dich kennenzulernen«, setzte mein Vater nach und verschwand in der Küche.

»Schau, das war doch super.« Ich grinste und zog Carlie mit mir in die Küche. Der Esstisch war gedeckt und die drei Teller, die akkurat auf dem Tisch standen, nahmen mir die Angst vor einem ungebetenen Gast. Es war, als fiele die letzte Last von mir ab und ich zeigte auf einen der Stühle, auf den sich Carlie setzen sollte.

Schnell schenkte ich uns allen Cola ein, während mein Vater eine Gemüselasagne auf den Tisch stellte und sich einen großen Löffel griff, um uns allen aufzutischen. Als er fertig war, setzte er sich und nahm erst einmal einen Schluck Cola, bevor er sprach: »Also Carlie, was machst du so?«

Inbrünstig – und seine Lasagne lobend – erzählte sie von ihrem Job in der Konditorei und holte sogar aus ihrer großen Handtasche die Dose hervor, die mir schon bekannt war. Bei unserem ersten gemeinsamen Kochen hatte sie darin ihre leckeren Kekse versteckt und auch jetzt kam das Gebäck zum Vorschein. Die Augen meines Vaters leuchteten, als er in die Dose sah. Was konnte ich sagen? Die Vorliebe für Süßes schien in der Familie zu liegen.

Der Abend wurde weitaus entspannter und schöner, als ich ihn mir hätte ausmalen können. Meine Freundin und mein Vater verstanden sich prächtig und spätestens als er in den ersten Keks biss, war er Carlie endgültig verfallen.

An diesem Abend fühlte es sich an, als wären wir alle nicht allein. Als wäre meine Mutter mit in der Küche und würde uns alle zum Lachen bringen und die Wärme in dem Raum in die Höhe schießen lassen. Innerlich musste ich grinsen und dankte meiner Mama, dass sie immer da war, auch wenn sie mich vielleicht nicht hören konnte.

Nachdem der letzte Keks verputzt worden war, verschwanden Carlie und ich in meinem

Zimmer. Ich hatte sie gebeten, heute bei mir zu übernachten und das nicht nur, weil ich nicht wollte, dass sie am Abend noch heimging. Jede Nacht, die sie bei sich Zuhause verbrachte, bereitete mir Bauchschmerzen und ich checkte mein Handy gefühlt jede Sekunde, weil ich Angst hatte, dass ihr Vater sie erneut angriff.

Carlie legte ihre dicke Jeans ab und schlüpfte zu mir unter die mollige Decke. Ich tippte meine Lieblingsplaylist an und ließ Demi Lovatos Alben im Hintergrund laufen. Während ich Carlie beobachtete, fiel mir zum ersten Mal auf, dass ich nicht mehr die Maske der selbstbewussten Frau vor mir hatte, sondern eine Frau, die nicht immer nur stark war. Sondern auch verletzlich und sanft.

Die meisten Menschen bewunderten die selbstbewussten, doch nicht ich. Ich bewunderte die Frau, die jetzt mit mir im Bett lag, weil sie sich traute, sie selbst zu sein und auch Schmerz zu zeigen. Das bedeutete, dass sie mir vertraute und das war das schönste

Gefühl der Welt.

Sanft ließ ich den Handrücken über ihre Schläfe zu ihrem Hals wandern und sie schloss genießerisch die Augen.

»Wie geht es dir?«, murmelte ich, während ich meine Hand weiterhin über ihren Körper wandern ließ. Für einen Moment war sie still, dann öffnete Carlie die Lider. »Ganz gut, wieso?«

Sie wusste, dass ich mir immer Sorgen um sie machte, obgleich das Mal an ihrer Schulter immer mehr verblasste. Das bedeutete nicht, dass die Tat weniger schlimm gewesen war.

»Ich will nicht, dass du jemals wieder zu dir nach Hause musst«, murmelte ich und drückte ihr einen Kuss auf die linke Handfläche. Carlies Augen bekamen einen noch weicheren Ausdruck und sie kuschelte sich etwas näher an mich heran. »Das weiß ich. Sobald ich eine Wohnung finde, die ich allein bezahlen kann, ziehe ich aus.« Ich nickte und umging die Frage, die sie mir im Stillen gestellt hatte. Ich brauchte Zeit. Ich konnte noch keine Antwort geben. Doch eine andere Frage brannte mir auf der Seele: »Wissen deine Eltern, dass du ... also, dass du ... ?«

Ich wusste nicht, wie ich es formulieren sollte und ihre Augen bekamen einen zärtlichen Touch. »Du kannst es ruhig beim Namen nennen. Dass ich Frauen liebe? Ja und Nein. Ich habe es ihnen schon gesagt, doch sie wollen es nicht wahrhaben. Bisher habe ich ihnen noch niemanden vorgestellt.«

Ich nickte vor mich hin und versuchte, die Info einzuordnen. Ob Carlie wusste, was ... genau sie war? Ob es wohl die Situation schlimmer oder besser machen würde, wenn ich ...?

»Möchtest du mal zu mir?«, fragte Carlie leise und unsere Blicke trafen sich.

»Ich weiß nicht, möchtest du das denn?« Ich sah ihr an, dass sie sich noch kaum Gedanken gemacht hatte, doch jetzt schien sie ernsthaft darüber nachzudenken. Sie zog ihre Unterlippe in den Mund und kaute auf ihr herum. »Ja«, brachte sie nach einiger Zeit heraus. »Ich möchte, dass du siehst, wie ich lebe. Ich möchte nur nicht, dass du meinem Vater begegnest. Aber mein Zimmer ist eigentlich so eingerichtet, wie es mir auch wirklich gefällt.« Ich nickte und hoffte, dass sie wusste, wieso ich nachgefragt hatte. Ich wollte nicht nur in guten Zeiten für sie da sein, sondern besonders in den schlechten. Vielleicht konnte ich ein wenig den Druck aus der Situation nehmen und sie würde es besser aushalten, bis sie wirklich ausziehen würde.

Sanft küsste ich Carlies Haar und sie legte ihren Kopf auf meiner Brust ab, genau auf der Kette, die sie mir zum Valentinstag geschenkt hatte. In nur wenigen Minuten waren wir eng umschlungen eingeschlafen und in einer Traumwelt, in der uns niemand gefährlich werden konnte.

Kapitel 14

»Ist ja gut.« Ich beugte mich zu der kleinen Katze hinab, die um meine Beine strich und dabei herzzerreißend miaute. Sie schien Hunger zu haben und ich füllte ihren Napf mit Nassfutter und ehe ich es mich versah, hatte sie sich auf das Essen gestürzt.

Schon zum wiederholten Male an diesem Tag schaute ich auf meine Uhr. 15:46 Uhr. Bald würde ich Feierabend haben, Carlie abholen und mit zu ihr nach Hause gehen.

Ich konnte nicht leugnen, dass ich wahnsinnig nervös war, auch wenn ich nicht genau sagen konnte, wieso. War es die Angst, dass ihre Mutter mich nicht mögen könnte? Nein, nicht wirklich. Carlie gab nicht viel auf ihre Familie, auch nicht auf die Meinung ihrer Mutter – und noch weniger auf die ihres Vaters. Wahrscheinlich war es die Tatsache, dass ich zum ersten Mal sehen würde, wie Carlie lebte. Es fühlte sich an, als würde sie mir einen seltenen Blick in ihren persönlichen

Raum geben, in dem sie sich nicht zwar wirklich wohlfühlte, aber trotzdem. Er war ein Teil von ihr.

Die nächste Katze erhielt ihr Fressen und ich kippte den Rest des Futters in eine dritte Schale, über die sich schnell ein getigerter Kater hermachte.

Am Sonntagmorgen war Carlie überraschend in die Konditorei gerufen worden und seitdem hatten wir uns nicht mehr gesehen. Wir arbeiteten beide Vollzeit und da mein Vater jetzt wieder häufiger Zuhause war, war ich mir nicht sicher, wie oft ich Carlie mitbringen durfte. Er mochte sie, das hatte er selbst gesagt, und doch schien er es sich zur Aufgabe zu machen, mich nicht mehr mir selbst zu überlassen. Als hätte ihn die Präsenz von Carlie so überrascht, dass er jetzt wieder im normalen Leben aufgewacht war.

Erst jetzt fiel mir auf, dass ich ihn noch gar nicht nach den Rosen auf Mamas Grab gefragt hatte. Irgendwie konnte ich nicht glauben, dass er eine kleine Karte mit einem

Text hinterlassen hätte. Oder doch?

Ich schloss die Tür zum großen Katzenzimmer hinter mir und machte mich daran, die letzten Essensreste in der Küche wegzuräumen und die Schälchen für die Kollegen des morgigen Tages vorzubereiten, wie ich es jeden Freitag tat, bevor ich in den Feierabend ging.

Mit jeder Minute, die verstrich, spürte ich, wie ich nervöser wurde. Ob die Klamotten in Ordnung waren, die in meinem Spind lagen und darauf warteten, angezogen zu werden? Wahrscheinlich sollte ich mir nicht so viele Gedanken machen und doch konnte ich den Strom an Fragen nicht einfach abstellen.

Letzte Nacht war ich so aufgeregt gewesen, dass ich mein Tagebuch mit jedem Detail meines Tages gefüllt hatte, wie auch von jedem Moment, den ich mit Carlie verbracht hatte. Ich war mir sicher, dass sich mein Tagebuch irgendwann melden und mich fragen würde, wie viele Synonyme ich für »wundervoll« finden könnte. Doch was sollte ich tun? Jeder Moment, den ich mit Carlie verbrachte, war wundervoll und die vier Tage, die wir uns jetzt nicht gesehen hatten, hatten sich gezogen wie Kaugummi. Sie machte mich zu einer anderen Frau, einem Menschen, der vertraute.

Die Uhr an meinem Handgelenk gab einen kleinen Piepton von sich und erinnerte mich damit daran, dass mein Arbeitstag für heute geschafft war. Eilig ging ich in den Mitarbeiterraum, zog eine dunkle Jeans und einen schwarzen Pullover an und faltete meine Arbeitskleidung schön zusammen, dass ich morgen nicht aussah, als hätte ich in den Klamotten geschlafen. Dann rief ich Beth - die bei den Hunden war – ein »Hab einen schönen Abend« zu und lief leicht fahrig zu meinem Auto. Genau in diesem Moment piepte mein Handy und mein Herz setzte einen Schlag aus. Konnte mit Carlie etwas nicht stimmen? Schnell holte ich mein Handy heraus und las auf dem Bildschirm den Namen meiner Schwester und die Nachricht:

Ich muss mit dir reden.

Ich beschloss, die Nachricht fürs Erste zu ignorieren und mich heute Abend darum zu kümmern. Immerhin hatte sie ein Lebenszeichen von sich gegeben, was bedeuten musste, dass ich ihr nicht egal war. Das hoffte ich zumindest, obwohl ich mir bei unserem letzten Gespräch etwas anderes gewünscht hatte.

»Hey, Süße!« Carlie strahlte mir entgegen, als sie durch die kalte Abendluft vor der Konditorei lief und die Beifahrertür meines Autos aufriss.

»Hi!«, gab ich etwas nervös zurück und lehnte mich über den Schaltknüppel, um meine Freundin zur Begrüßung zu küssen. Sie wirkte – im Gegensatz zu mir – ruhig und ihre weichen Lippen bewegten sich sanft auf meinen.

Anscheinend verbarg ich meine Emotionen

doch nicht so gut, denn sie machte sich los und schaute mit ihren braunen Augen tief in meine blau-grauen. »Ist alles okay?«

Ich nickte und ein Lächeln breitete sich auf Carlies Gesicht aus. »Du musst nicht aufgeregt sein«, meinte sie und strich mir sanft über die Wange, »meine Mutter hat gesagt, dass mein Vater heute lange arbeitet und nicht daheim sein wird.« Ihrem Tonfall konnte ich anhören, wie froh sie darüber war. Das war ich auch, doch das war nicht der einzige Grund, warum ich nervös war.

»Denkst du, deine Mutter wird mich mögen?« Das Lächeln auf Carlies Gesicht veränderte sich. Es wurde noch liebevoller und sie schaute mich an, als wäre ich ein Diamant, den sie gefunden hatte. »Ich denke, ja. Und selbst wenn nicht, ich gebe auf ihre Meinung nichts. Ich weiß, was ich für dich empfinde. Das ist genug.«

Bei ihren Worten schlug mein Herz schneller und am liebsten hätte ich sie genau nach ihren Empfindungen für mich gefragt, doch das würde ich nicht in meinem kalten Auto tun. Da brauchte es eine warme Umgebung; das ging nicht zwischen Tür und Angel.

Ich folgte Carlies Anweisungen, während sie mich durch die Stadt lotste. Der Verkehr war nicht zu dicht und nach nur wenigen Minuten parkte ich meinen Corsa in einer engen Parklücke vor den Reihenhäusern, wie bei unserem ersten Date. Sie sahen alle identisch aus und selbst die Garagen, die sich direkt vor der Häuserreihe befanden, ähnelten sich bis auf das letzte Detail.

Ich zog den Schlüssel aus dem Zündschloss und die Handbremse an. »Wie lange wohnt ihr schon hier?«, fragte ich überflüssigerweise, doch ich wusste nicht, wie ich die Stille sonst hätte füllen können. Carlie nahm meine rechte Hand in ihre linke und nickte zu den Häusern: »Hier bin ich aufgewachsen.« Ihre Worte klangen bitter und ich konnte mir nur ausmalen, was sie durchgemacht hatte. Der Tod ihres besten Freundes, ihr Vater – ich konnte nicht fassen, dass jemand all das in einem so jungen Alter durchstehen konnte, doch Carlie war der Gegenbeweis.

Dafür liebte ich sie noch mehr, denn sie ließ sich nicht unterkriegen und war trotzdem die liebevollste Frau, die ich je kennengelernt hatte.

»Wollen wir reingehen?«, fragte sie und nach kurzem Zögern nickte ich. Die kalte Außenluft schlug mir entgegen und obwohl diese Gegend etwas außerhalb lag, waren viele Menschen unterwegs. Sie liefen mit Tüten und Taschen an uns vorbei, doch niemand schien uns eines weiteren Blickes zu würdigen. *Wahrscheinlich wäre das ganz anders, wenn wir Händchen halten würden*, dachte ich mit Wut im Bauch, doch ich schob den Gedanken schnell weg. Ich war hier, um Carlies Zuhause zu sehen, nicht um mich über das Verhalten unserer Mitmenschen aufzuregen.

Carlie lief an das dritte Haus in der Reihe und die Steintreppen hinauf, ich direkt hinter ihr. Sie drehte den Schlüssel im Schloss und mit einem leichten Ruck öffnete sich die Eingangstür. Ich nahm einen letzten Atemzug der kalten Luft und trat dann hinter Carlie ins Haus.

Der Gang war kahl gehalten, das war das Erste, was mir auffiel. Es war ein großer Spiegel an der Wand angebracht, sonst gab es nur eine Garderobe und einen kleinen Schrank. Die Wände waren weiß und an keiner von ihnen hing ein Bild oder eine andere Art von Dekoration. Carlie nahm mir den Mantel meiner Mutter ab und hängte ihn zu ihrem an die Garderobe. Ich wollte gerade nach meinen Stiefeln greifen, als sie mich aufhielt. »Die kannst du anlassen.« Ob das wirklich in Ordnung war oder ob sie eine schnelle Flucht im Falle aller Fälle gewährleisten wollte, wusste ich nicht, aber ich ließ meine Stiefel an. So auch Carlie.

Ich folgte ihr in ein großes Wohnzimmer, das zwar ebenso kühl eingerichtet war, aber mehr Möbel besaß. Es stand eine große Couch in der einen Ecke und ein Esstisch in der anderen, genau gegenüber des Fernsehers. Sonst gab es ein paar Regale und eine Stereoanlage, aber das war alles. Erst als wir näher an die Couch herantraten, sah ich, dass eine Frau mittleren Alters auf ihr saß und Zeitung las. Carlie streckte ihre Hand aus und nahm meine wieder in ihre. Dann sprach sie: »Mutter, das ist Alice.«

Ich wusste nicht, ob sie ihr schon einmal von mir erzählt hatte, doch die Tatsache, dass wir Händchen hielten, sollte alles sagen. Wir liefen um das Sofa herum und ich streckte meine freie Hand in Richtung der Frau.

Zum ersten Mal konnte ich sie mustern. Carlies Mutter sah ihrer Tochter nicht ähnlich. Ihre braunen Haare waren in einen Messy Bun zusammengebunden und ihre grünlichen Augen sahen müde aus. Ihr Körper war hager und hatte nichts von den Kurven ihrer Tochter. Der Mund war zu einem angestrengten Lächeln geformt und sie nahm meine Hand nur zögerlich in ihre, um sie zu schütteln.

»Es freut mich sehr, Sie kennenzulernen«,

sagte ich und lächelte sie so herzlich an, wie ich nur konnte. Ihr Gesichtsausdruck veränderte sich nicht, er war wie festgefroren. Kein Wort verließ ihren Mund, stattdessen nickte sie nur und setzte sich sofort wieder hin. Unsicher schaute ich zu Carlie, die mir wortlos *Lass uns in mein Zimmer gehen* zu verstehen gab. Weiterhin leicht verunsichert von der merkwürdigen Begegnung lief ich mit Carlie die Stufen des Hauses hinauf und in ein Zimmer, das das letzte im oberen Gang war. Als könnte ich fühlen, dass ich jetzt in sicherem Terrain war, atmete ich erleichtert aus und ließ meinen Blick durch den Raum schweifen. Als wäre ich in einer anderen Welt gelandet, sah ich zu Carlies Bett mit bunter Bettwäsche, den vielen Postern an den Wänden und dem überfüllten Schreibtisch. Es fühlte sich an, als hätte sie es sich zur Aufgabe gemacht, so viel Leben wie nur möglich in dieses Zimmer zu bringen, weil es im Rest des Hauses keines gab.

»Dein Zimmer ist toll!« Ich schaute mir jedes

Poster an und musste lächeln. Taylor Swift, Halsey und viele weitere Künstlerinnen, die ich auch auf all meinen Playlisten gespeichert hatte, schauten mir entgegen und sogar ein Mini-Poster von Demi hing an ihrer Wand. Carlie grinste, als sie meinen Blick bemerkte und schlang von hinten die Arme um mich.

Ich konnte nicht anders, ich musste sie darauf ansprechen. »Was war das mit deiner Mutter?«, fragte ich unverblümt und hoffte, ich hatte mich nicht falsch verhalten. Ich wollte nicht, dass ihre Mutter mich nicht leiden konnte.

Carlie seufzte und verstärkte ihre Umarmung um meinen Körper. »Sie ist ... speziell. Die meiste Zeit hat sie Angst, meinem Vater könnte etwas nicht gefallen, deshalb reagiert sie so. Wenn er für ein paar Tage auf Geschäftsreise ist, ist sie ganz anders.«

Ich nickte. Die Nähe zu Carlie genoss ich sehr und lehnte mich in die Umarmung.

»Ich hatte eigentlich gedacht, dass sie gekocht hätte und wir hier essen hätten können. Aber dann gehen wir einfach essen.« Ich wollte es nicht sagen, doch im Stillen dankte ich Carlies Mutter, dass sie nicht gekocht hatte. Wenn ich mir vorstellte, mit ihr an einem Tisch essen zu müssen, wurde mir schwindelig.

Langsam bewegten wir uns zu Carlies Bett und ließen uns darauf fallen. Ich schaute an die Decke und grinste. Bisher war mir nicht aufgefallen, dass auch die Decke mit Postern bepflastert war, doch das war sie. Keine Ecke war ohne eine zweite Schicht mit einem berühmten Gesicht – von Within Temptation über Evanescence, Marilyn Manson, Beyond the Black und Linkin Park – und auch wenn die Begegnung mit Carlies Mutter komisch gewesen war, war ich froh, hier zu sein. Es war, als würde ich Carlie mit jedem Atemzug besser kennenlernen. Und das wollte ich – so sehr. Ich liebte ebenso ihren Musikgeschmack, der anscheinend von Country bis hin zu Metal reichte.

Ich fragte Carlie nach jedem der Gesichter

auf den Postern und sie beantwortete geduldig jede Frage. Jede Nachfrage zu ihrer Schulzeit, ihren liebsten Playlisten zu welcher Zeit in ihrem Leben und ihren Lieblingsstars. Es fühlte sich an, als wären wir beide wieder vierzehn und lachten aus vollem Herzen.

Keinen Augenblick ließ Carlie von meinem Körper ab und es war ein so beruhigendes Gefühl, dass wir Hautkontakt hielten. Die meisten Menschen würden bei diesem Satz die Augen verdrehen und ihn als Verliebtheit abtun, doch das war es nicht. Es war, als hätte ich in der Welt nach Sicherheit gesucht, die nur Carlie mir geben konnte.

Als hätte ich ein unterbewusstes Stichwort gesagt, hörten wir einen lauten Knall. Er kam von unten und mit einem abrupten Ruck setzte Carlie sich auf. Ich tat es ihr gleich und am liebsten hätte ich von ihrem Gesicht weggesehen. Der Ausdruck blanker Angst in ihren Zügen tat mir fast physisch weh und ich wollte nichts mehr, als sie an einen Ort zu bringen, an dem sie nie wieder so empfinden musste. Es blieb nicht bei diesem einen Schlag. Ein weiterer folgte, der das Haus fast erzittern ließ.

Unwillkürlich fragte ich mich, was das wohl war und wie die Nachbarn es aushielten, sollte das öfter passieren. Hatte sich noch niemand je über die Lautstärke beschwert? Je darüber, dass der Mann in diesem Haus die Familie terrorisierte?

Carlie sprang mit mir vom Bett auf und hechtete zur Tür, doch sie war einen Moment zu spät. Ehe ich es mich versah, stand ein großgewachsener Mann in Carlies Zimmer und jetzt verstand ich, warum sie eine solche Angst vor ihm hatte. Ihr Vater war nicht nur groß, er war auch stämmig und seine Hände zitterten vor Wut, während er sie zu Fäusten ballte. Er hatte ebenso schwarzes Haar wie seine Tochter, doch ich konnte nicht auf mehr achten.

Er schrie los und Carlie stieß mit dem Rücken an ihren Schreibtisch, als sie vor ihm flüchten wollte: »Du elendes Miststück!«

Die Beleidigung hallte in meinem Kopf nach und ich konnte mir kaum vorstellen, wie es für Carlie sein musste.

Mein ganzer Körper sprang in den Alarmmodus. Es war mir egal, dass ich kleiner und nicht so kräftig war wie Carlie, ich stellte mich vor sie, als könnte ich sie mit meinem Körper abschirmen. Das schien ihren Vater nur noch mehr in Rage zu bringen. »Du Stück Dreck! Was hast du wieder getan? Jetzt schleppst du mir auch noch deine Lesben-Schlampe an!«

Für einen Moment war ich zu perplex, um etwas zu sagen. Dann spürte ich, wie mein Wutpegel anstiegt und das rasant. Just in diesem Augenblick beugte der mir fremde Mann sich vor und holte aus. Carlie zuckte zurück und ich bewegte mich mit ihr, doch ich war nicht schnell genug.

Die Faust ihres Vaters kollidierte mit solcher Wucht mit meiner Nase, dass ich sie förmlich brechen hörte. Der Schlag direkt auf die Nase drückte meine Brille in die weiche Haut und fast hätte ich vor Schmerz geschrien, doch das Blut, das aus meiner Nase schoss, floss mir in den Mund und brachte mich zum Husten. Langsam sackte ich in mir zusammen und fühlte nur, wie sich Carlie vor mir auf die Knie gleiten ließ. »Du Arschloch!«, schrie sie ihren Vater an, der – so viel ich durch meinen Schleier von Schmerz und Blut erkennen konnte – wie perplex vor uns stand.

Carlie hielt mir ein Taschentuch hin, doch das war nach wenigen Sekunden von meinem Blut durchtränkt.

Als wäre das noch nicht genug, schien die Sicherung in ihrem Vater jetzt vollkommen durchzubrennen. Er kickte nach seiner Tochter und Carlie schrie vor Schmerz auf, denn er traf sie im Bauchbereich.

Ich wollte schreien, um Hilfe rufen, doch ich brachte es nicht zustande. Das Blut hinderte mich daran. Ich war mir sicher, dass ihr Vater weiter auf uns einschlagen würde, doch er war wie erstarrt. Als wäre er komplett unbeteiligt an dem, was vor seinen Augen geschah.

Ich streckte die Arme nach Carlie aus und wollte sie fragen, ob die Schmerzen schlimm waren, doch sie richtete sich langsam auf. Ihre braunen Augen trieften vor Schmerz und in meinem Kopf rang der Schlag nach, als würde er ewig dauern. Zu meiner Überraschung zog mich Carlie mit sich nach oben und jede Bewegung tat in meiner Nase so weh, dass ich mich kaum traute einzuatmen. Ich atmete allein durch den Mund und mit jedem Zug schmeckte ich das Blut, das mir weiter über das Gesicht lief.

Carlies Vater stand einfach da und seine Augen waren so geweitet, dass ich mir sicher war, dass er nicht klar im Kopf war. Doch das war keine Entschuldigung.

Ich war immer noch so wütend, dass ich am liebsten nach ihm geschlagen hätte, doch der Schmerz in meinem Kopf war zu intensiv. Carlie griff zittrig nach ein paar Utensilien – ihrem Handy, dem Schlüssel – und stellte sich dann schützend vor mich, wie ich es noch vor ein paar Minuten bei ihr getan hatte.

Wie die letzten Minuten auch, bewegte sich ihr Vater nicht, doch er hatte mich attackiert wie eine hinterhältige Schlange und ich konnte den Mann nicht einschätzen. Wie konnte er seiner Tochter so etwas antun? Er hatte auf Carlie gezielt, nicht auf mich. Ich wollte mir gar nicht ausmalen, was ich getan hätte, wenn er mich nicht als erstes in die Knie gezwungen hätte. In diesem Moment hätte ich Carlie am liebsten genau das gesagt, doch wir waren noch nicht außer Gefahr.

Langsam bewegten wir uns an dem eingefrorenen Mann vorbei und erst als wir durch die Tür waren, wurde mir bewusst, dass er sich noch immer nicht bewegt hatte. Was mit ihm nicht stimmte, war mir herzlich egal, ich wollte nur weg.

Das Blut floss in Bächen und die Treppenstufen hinunter ins Erdgeschoss zu gehen war eine Herkulesaufgabe. Mit jedem Schritt pochte es mehr in meiner Nase und ich wusste, dass es keine oberflächliche Verletzung sein konnte.

Wir kamen in das sterile Wohnzimmer und Carlie griff nach einem Kissen, das sehr teuer aussah, und reichte es mir. »Halt es dir unter die Nase«, wies sie mich an und unter normalen Umständen hätte ich abgewehrt, doch nicht jetzt, nicht heute. Ich presste den Stoff unter meine Nase und stöhnte im nächsten Moment auf, denn jeder noch so kleine Druck tat unbeschreiblich weh.

Von Carlies Mutter war nichts zu sehen und zum wiederholten Male an diesem Abend fragte ich mich, was mit ihrer Familie nicht stimmte. Ihr Vater verprügelte Carlie, erstarrte dann und ihre Mutter interessierte es nicht im Geringsten? Ich musste dringend mit Carlie sprechen, doch nicht hier.

Sie hielt sich den Oberbauchbereich und ich wollte nichts mehr, als ihr den Schmerz zu nehmen. Ihn auf meinen aufzuladen, was machte das jetzt noch aus? Stattdessen griff Carlie nach unseren Jacken und stieß die Eingangstür auf.

Die kalte Luft schlug uns entgegen und tat

fast schon gut an meiner geschundenen Nase. Ich war mir fast sicher, dass auch meine Brille verbogen war, doch das hatte keine Priorität. Carlie und ich liefen zu meinem Auto, doch erst da wurde es mir bewusst: Ich konnte in diesem Zustand nicht fahren. Ich sah noch immer Blitze und dunkle Flecke in meinem Sichtfeld und ich zog Carlie gerade am Ärmel, um ihr genau das zu sagen, als sie mir die Tür des Beifahrersitzes öffnete.

»Steig ein«, instruierte sie mich und ich beschloss, mich nicht zu wehren. Ich hatte Carlie noch nie fahren gesehen, doch sie schien es sich zuzutrauen, denn innerhalb nur weniger Sekunden saß sie hinter dem Steuer und ließ den Wagen an.

Meine Nase schmerzte mit jedem Moment mehr und ich ließ den Kopf an die Rückenlehne sinken. Es brauchte all meine Willenskraft, nicht in Ohnmacht zu fallen und auch wenn Carlies Fahrstil holprig war, war ich froh, dass sie den Wagen steuerte.

Ich wusste, dass sich nicht weit weg ein

Krankenhaus befand und als hätte Carlie meine Gedanken gelesen, fuhr sie genau dorthin. An der letzten Ampel würgte sie den Wagen ab und fluchte mit allen Schimpfworten, die mir wahrscheinlich im Traum nicht eingefallen wären. Dennoch brachte sie uns an das Krankenhaus und stürmte mit mir im Arm – ich konnte kaum noch selbst laufen – in die Notaufnahme. Alles, was ich noch registrierte, waren Arme, die sich um meine schlossen, dann nahmen die dunklen Flecke mein Bewusstsein ein und stürmten meinen Kopf. Als hätten sie mich ausgeknipst, verlor ich das Bewusstsein und hoffte, dass ich, wenn ich aufwachte, kein Blut mehr schmeckte.

Kapitel 15

Mir war warm, viel zu warm.

Das war das Erste, was ich bewusst wahrnahm, noch bevor ich meinen Kopf fragen konnte, wo ich eigentlich war.

Es fühlte sich an, als würde ich brennen und Schweiß klebte mir unangenehm auf der Haut. Langsam versuchte ich, mich zu bewegen und als ich den Kopf zur Seite drehen wollte, schoss mir ein scharfer Schmerz durch die Mitte des Gesichts. Ich stöhnte auf und ehe ich es mich versah, legte jemand eine Hand auf den Arm, der nicht in der heißen Hölle der Bettdecke gefangen war.

»Gott, ich bin so froh!« Bei dem Klang ihrer Stimme öffnete ich vorsichtig die Augen, als könnten sie mir aus dem Gesicht fallen, wenn ich die Lider zu schnell hob.

Vor mir stand Carlie. Ihre braunen Augen waren voller Sorge und ihre Haare mit den lila Spitzen standen wild von ihrem Kopf ab. Um ihre Hüfte war eine Art weißer Gürtel geschnallt, der so breit war wie die Diagonale eines DIN A4 Blattes. Ich räusperte mich und sprach mit heiserer Stimme: »Was ist mit dir ... passiert?«

Erst mit ein paar tiefen Atemzügen erinnerte ich mich an das, was geschehen war, bevor ich im Krankenhaus gelandet war. Der Schlag von Carlies Vater, der Tritt, den er Carlie versetzt hatte, die Schmerzen ... Carlie fuhr mir sanft über den Arm. »Bei mir ist es nichts Schlimmes; ich habe eine gebrochene Rippe. Das ist ein Gürtel, dass sie sich nicht in ein Organ schiebt.«

Ich sog scharf die Luft ein. Carlie hatte eine gebrochene Rippe, sie musste Schmerzen haben!

Sanft setzte sie sich auf die linke Seite meines Bettes und nahm für keinen Moment die Augen von mir. »Du hast eine gebrochene Nase und sie mussten dich operieren, weil sie fast ...«, Carlie holte tief Luft, » ... zerschmettert war. Du hast noch Prellungen im Gesicht von der Brille, die dir in die Haut gedrückt hat und die Ärzte sagen, du hast einen Schock und bist deshalb ohnmächtig geworden.« Ich hörte Carlies dunkler Stimme zu, wie sie die Worte formte und doch war es schwer, alles zu begreifen. Meine Nase war zerschmettert? Allein beim Gedanken daran wollte ich mich übergeben und war froh, dass mein Magen leer war.

»Wissen meine ... Weiß mein Dad Bescheid?«, fragte ich und im gleichen Moment fiel mir auf, dass ich keine Ahnung hatte, wie viel Uhr es war, nur dass ich noch immer müde war. Ob ich lange geschlafen hatte? Wahrscheinlich schon, wenn ich sogar operiert worden war.

Carlie nickte. »Ja, er war schon ein paar Mal da und kommt nach seiner Schicht wieder her. Ich habe versprochen, dass ich bei dir bleibe.«

Jetzt war ich diejenige, die nickte und stellte zugleich die Frage nach der Uhrzeit.

»Es ist halb zwölf am Mittag«, meinte Carlie und zeigte auf eine Uhr, die gegenüber meines Bettes angebracht war. Also hatte ich die ganze Nacht verschlafen und die meiste Zeit des Morgens? Krass. Nie hätte ich gedacht, dass eine gebrochene Nase das hervorrufen konnte, doch anscheinend hatte ich mich geirrt.

»Wann darf ich gehen?«, fragte ich und holte auch meinen rechten Arm unter der warmen Decke hervor. Ich wollte mir gar nicht vorstellen, wie ich aussah, doch Carlie schaute mich nicht angeekelt an, wofür ich ihr dankbar war. »Ich denke, dass bald ein Arzt vorbeikommt und der wird es dir sagen. Bisher haben sie noch nichts gesagt, weder die Ärzte noch die Krankenschwestern.«

Ich versuchte mich an einem kleinen Lächeln, doch ich war mir fast sicher, dass es nicht überzeugend aussah. Carlie biss sich auf die Lippe und ihre freie Hand schoss an ihren Rippengürtel. Sie musste Schmerzen haben und ich hasste die Tatsache, dass ich ihr diese nicht nehmen konnte. Bevor ich sie fragen konnte, ob sie nicht Schmerzmittel bekommen könnte, sprach sie und ihre Stimme zitterte so sehr, dass ich befürchtete, sie könnte den Satz nicht beenden: »Es tut mir so leid, Alice, einfach ... alles.«

Obwohl es ein unangenehmes Pochen in meiner Nase auslöste, setzte ich mich auf und rückte mit dem Kopf näher an sie heran. Jemand musste mir die Brille wieder aufgesetzt haben, denn bei dieser Bewegung rutschte sie mir ein wenig vom Nasenrücken und erst jetzt fiel mir auf, dass ich nicht zu verschwommenen Bildern aufgewacht war, sondern zu einer klaren Sicht.

»Hör auf«, sagte ich schon fast schroff und der verunsicherte Blick in ihren Augen wurde noch intensiver.

»Du kannst nichts für deinen Vater. Nur versprich mir bitte, dass du nicht mehr zurückgehst. Schon gar nicht allein.«

Ich hatte erwartet, Erleichterung in den Zügen meiner Freundin zu sehen, doch das war nicht der Fall.

Carlie schien sich selbst die Schuld zu geben und das schüchterne Nicken, mit dem sie auf meinen Versprechenswunsch antwortete, sah mehr schlecht als recht aus.

Ich wollte ihr noch einmal sagen, dass sie unschuldig war, und dass ich mir Sorgen um sie machte. Doch die Müdigkeit, die entweder von der Narkose oder von den starken Schmerzmitteln kam, schien mich mit jeder wachen Minute mehr an sich zu ketten. Ich wusste, ich konnte ihr nicht entkommen und doch wollte ich das Gespräch nicht so enden lassen. Deshalb räusperte ich mich noch einmal: »Bitte, Carlie. Du kannst doch nichts dafür.«

Ich lehnte mich wieder gegen die Matratze, die an meinem Kopfteil höher war als im Rest des Bettes und genoss, dass ich meinen Kopf nicht mehr allein stützen musste.

Carlie nickte vor sich hin und ich wusste, dass sie mir nicht glaubte, doch mir fehlte die Kraft, es ihr noch einmal zu sagen. Ich war so schnell wieder eingeschlafen, dass ich noch nicht einmal mehr bewusst registrierte, dass sich die Tür zu meinem Krankenzimmer öffnete.

Mein Schlaf war unruhig und am liebsten hätte ich mich selbst aufgeweckt. Die Wärme des Bettes machte es fast unmöglich, wirklich zu schlafen und ich döste mehr in einem Delirium vor mich hin, als dass ich schlief.

Plötzlich ertönte eine hohe Stimme und hätte ich nicht geschlafen, wäre ich zusammengezuckt. Die Stimme sprach nicht, wie ich es zuvor mit Carlie getan hatte, sie schrie. Ich verstand nicht, was sie sagte, nur, dass sie wütend klang.

Zuerst fragte ich mich, ob es Carlies Vater sein könnte, doch die Stimme war zu hell und zu weiblich, als dass sie zu dem Mann gepasst hätte, der seine Tochter und mich so zugerichtet hatte.

Mein Unterbewusstsein versuchte, der Stimme ein Gesicht zuzuordnen, doch ich schaffte es nicht. Es war, als läge mir der Name derjenigen, die so schrie, auf der Zunge und doch er war zu weit weg, als dass ich ihn hätte greifen können.

Nach einiger Zeit wurde die Stimme leiser, doch sie hörte nicht auf, Worte zu schießen als wären es Pfeile aus einer Armbrust. Sie machten keinen Sinn; es waren nur Wortschwaden.

Irgendwann gab ich es auf, die Stimme verstehen zu wollen, da ich nicht sagen konnte, ob eine ruhigere Stimme auf sie antwortete. Der Schlaf hatte mich trotz der Hitze gepackt und in einen unruhigen Zustand versetzt, den ich unmöglich als Schlaf bezeichnen konnte.

Ich erwachte und fühlte mich besser. Mein Kopf tat lange nicht mehr so weh und ich fühlte mich nicht mehr, als hätte mir jemand mit einem Küchenmesser die Nase abgeschnitten.

Langsam öffnete ich die Augen und sah, dass Carlie mit dem Rücken gegen die Wand mir gegenüber gelehnt stand und mit einer Hand ihre Brille hob, während sie sich mit der anderen über die Augen fuhr. Weinte sie etwa?

In diesem Moment schien sie zu bemerken, dass ich wach war, denn sie stieß sich von der Wand ab, setzte ihre Sehhilfe auf und kam auf mich zu. »Geht es dir besser?«, fragte sie und ihre Stimme zitterte nicht so sehr, wie ich erwartet hatte.

»Ja, danke«, antwortete ich leise und hätte sie zu gern nach der lauten Stimme gefragt, die ich sogar in meinem Unterbewusstsein angekommen war. Doch ich wusste nicht, wie ich es formulieren sollte: *Hey, Carlie, wer war hier, während ich geschlafen habe?* Und noch wichtiger: *Weinst du?*

Carlie schien einen neutralen Gesichtsausdruck aufsetzen zu wollen, denn sie verzog keine Miene. Was verheimlichte sie mir?

Bevor ich sie hätte fragen können, wurde die Zimmertür aufgestoßen und mein Vater kam herein. Sein Gesicht war übersäht von Falten und er klang aus der Puste. »Alice, Gott sei

Dank!« Er kam zu mir ans Bett und drückte mich sanft an seinen Körper. Zu meiner Überraschung schmerzte meine Nase auch jetzt nicht und ich war mir fast sicher, dass mir in meinem Delirium ein weiteres Schmerzmittel verabreicht worden war.

Nach ein paar Sekunden zog sich mein Vater zurück und schaute mir in die Augen. »Ach, Alice. Ich müsste lügen, wenn ich sagen würde, du siehst gut aus.« Er versuchte sich an einem Lächeln und ich war überrascht, dass er Carlies Vater nicht sofort ansprach. Wusste er, wer uns das angetan hatte? Hatte Carlie mit ihm gesprochen?

»Ich habe aber auch gute Nachrichten«, redete er weiter, während sich Carlie auf einen der Stühle setzte, die am Fenster standen. Ich konnte ihren Gesichtsausdruck nicht lesen und wenn ich ehrlich war, machte mir das Angst. Warum benahm sie sich so merkwürdig? Waren es die Schmerzen, die sie noch immer in ihren Fängen hielten?

Mein Vater strich mir sanft über den Arm.

»Du darfst gleich mit nach Hause.«

Die Verwunderung musste mir anzusehen sein, denn er sprach sofort weiter: »Ein Arzt war vorher hier und hat deine Vitalfunktionen gecheckt, es ist alles gut. Du bekommst Schmerzmittel für Zuhause und in den nächsten Tagen musst du immer wieder vorbeikommen, damit die Ärzte sicherstellen können, dass deine Nase gut verheilt. Aber ich kann dich mit nach Hause nehmen.«

Das waren definitiv gute Nachrichten, doch sie wären noch besser gewesen, wenn Carlie an meinem Bett gestanden und sich mit mir gefreut hätte. Stattdessen ließ sie ihre rechte Hand über den Rippengürtel wandern und schien tief in Gedanken versunken.

»Ich hole dir kurz die Unterlagen, die du nur noch unterschreiben musst«, meinte mein Vater und war schneller aus der Tür, als ich schauen konnte. Er hasste Krankenhäuser und seitdem meine Mutter in einem verstorben war, konnte er nicht mehr in den weißen Gebäuden sein. Ich verstand ihn und war mindestens genauso froh, dass ich nicht zu viel Zeit hier verbringen musste. Bald würde ich Alpträume bekommen und mich sehen, wie ich dort im Gang gestanden hatte, als der Mediziner gesagt hatte, dass Mama ... Nein, ich konnte den Gedanken noch nicht einmal beenden und wenn ich es hätte können, wäre ich auf jeden Fall in Tränen ausgebrochen. Wahrscheinlich wäre das nicht nur für meine geschundene Nase schwer gewesen.

Behutsam setzte ich mich weiter auf und bemerkte, dass mein Kopf kaum noch schwamm. Er war fast klar.

»Ist alles okay?«, fragte ich in Carlies Richtung und wünschte mir, dass sie mir endlich in die Augen schauen würde. Wie bisher hatte sie den Blick auf die Fenster gerichtet oder – besser gesagt – auf die Welt draußen. Erst ein paar Sekunden später schien sie zu registrieren, dass ich mit ihr gesprochen hatte. »Ich bin froh, dass du schon nach Hause darfst.«

Meine Frage hatte sie mir nicht beantwortet,

doch wenigstens hatte sie reagiert. Vielleicht würde sie eher mit mir sprechen, wenn wir in meinem Zimmer waren. Hatte sie eventuell Angst, dass ihr Vater vorbeikam und uns noch schlimmer zurichtete?

Ich konnte nicht länger überlegen, denn in diesem Moment kam mein Vater mit den Papieren zurück und hinter ihm drückte sich ein älterer Arzt in den Raum, der mich kurz grüßte und meine Nase begutachtete. Er sagte mir, dass ich am Dienstag zur Kontrolle wieder ins Krankenhaus kommen sollte und so schnell, wie er aufgetaucht war, war er auch schon wieder weg.

Ich setzte meine Unterschrift auf jeden der Bögen, die mein Vater mir hinhielt, während er auf einen kleinen Berg Kleidung zeigte, der am Fuße des Bettes lag. »Die habe ich dir von Zuhause mitgebracht. Zieh dich langsam an und das T-Shirt von unten, ich hab extra große Sachen rausgesucht.«

Ich nickte dankend und er verschwand noch einmal durch die Tür, um den Schwestern die

Formulare abzugeben. Ich ließ meinen Blick zur Uhr schwenken und ich sah, dass es fünf Uhr nachmittags war. Immerhin hatte ich nur circa fünf Stunden geschlafen und nicht wieder mehr als zwölf.

Ich rutschte langsam – mit einem hässlichen OP-Kittel bekleidet – vom Bett und war erstaunt, dass ich recht stabil stand. Eigentlich hatte ich erwartet, dass Carlie zu mir laufen und mir helfen würde, doch sie saß noch immer am Fenster. *Habe ich etwas falsch gemacht?*

Ich hätte sie zu gern gefragt, doch ich wollte keine große Unterhaltung in diesem Krankenhaus führen. Dafür waren die Erinnerungen an die weißen Wände zu schlecht. Manchmal glaubte ich fast, sie würden mir die Luft abschnüren ...

Ich lief ins Bad und zog mich langsam – fast schon in Zeitlupe – an. Meine Nase pochte heftiger, je mehr ich mich bewegte und als hätte dieses Pochen mich gezwungen, sah ich in den Spiegel. Und schreckte zurück.

Mein Gesicht war ein einziger blauer Fleck und die Stellen, die eigentlich von der Brille verdeckt wurden, waren in eine Art Blau-Grün verfärbt. Was mich allerdings am meisten schockierte, war meine Nase. Sie war auf mindestens die doppelte Größe angeschwollen und auch wenn der Verband das Meiste verdeckte, konnte ich erahnen, wie es darunter aussah.

Schnell wandte ich den Blick ab und sah, dass Carlie in der Tür stand und mich beobachtete. Sie hatte Tränen in den Augen und von der selbstbewussten Frau, die ich kennengelernt hatte, hatte diese Frau nichts mehr. Sie sah aus, als hätte man sie gebrochen – wie ein Spielzeug, das man in der Mitte in zwei Stücke gerissen hatte.

Ich lief auf Carlie zu und hob die Hand, als könnte ich sie an ihre Wange legen und sie heilen, doch sie wich zurück. Der Schmerz darüber, dass sie nicht wollte, dass ich sie berührte, schoss mir durch die Glieder und war noch schlimmer als der in meiner gebrochenen Nase.

»Carlie, ...«, begann ich, doch just in diesem Augenblick kam mein Vater zurück ins Zimmer und schaute von meiner Freundin zu mir. Ihn schien nicht zu interessieren, warum ein Tränenschleier ihre Augen bedeckte; er schien sich nur dafür zu interessieren, dass ich angezogen war.

»Komm, wir gehen«, meinte er dann und ich lief in gemächlichem Tempo hinter ihm her, weil ich meinem Körper – der mit Schmerzmittel vollgepumpt war, wie mein Vater mir bestätigt hatte – keinen schnelleren Gang zumutete. Carlie lief neben mir und streckte ihre Hand aus, an der ich mich stützen konnte, doch ich tat es nicht. Ich wollte wissen, was los war, und sie nicht als Spazierstock missbrauchen.

Bei dem Gedanken an die Gleichgültigkeit, die sie mir entgegenbrachte, wurde mir schlecht. Was konnte nur los sein? Was hatte ich getan? Was war passiert, während ich geschlafen hatte?

Als ich zum ersten Mal erwacht war, hatte ich ihr jede Gefühlsregung im Gesicht ablesen können, doch jetzt war sie wie ein Buch mit sieben Siegeln. Konnte es mit dem Besuch zu tun haben, der in meinem Zimmer gewesen war, als ich geschlafen hatte? War es vielleicht ihre Mutter gewesen?

Die Fragen stürmten auf mich ein und jede war mir zu viel. Sobald ich Zuhause war, würde ich sie darauf ansprechen und sie nicht gehen lassen, bis ich nicht eine Antwort bekommen hatte.

Die Treppen zu unserer Wohnung kamen mir fast endlos vor und doch erklommen wir die Stufen in weniger als zehn Minuten. Denn natürlich war der Aufzug unseres Gebäudes defekt.

Mein Vater schloss die Tür auf und der Geruch nach unserem Zuhause schlug mir entgegen. Er war lange nicht mehr so intensiv wie in der Zeit, als meine Mutter noch hier gewesen war, doch er lag weiterhin leicht in der Luft. Der sanfte Geruch nach ihrer Body

Lotion mit Mandelbutter ...

Einen Fuß nach dem anderen setzte ich in die Wohnung und steuerte auf mein Zimmer zu. »Hast du Hunger?«, fragte mein Vater und ich nickte. Den hatte ich, denn es fühlte sich an, als hätte ich seit Tagen nichts gegessen. Obwohl das nicht der Wahrheit entsprach, war meine letzte Mahlzeit auf jeden Fall zu lange her.

Carlie lief mit mir zu meinem Zimmer und öffnete die Tür. »Danke«, murmelte ich und bewegte mich auf mein Bett zu, bevor ich mich langsam auf die Weichheit der Decke sinken ließ.

Mein Vater kam herein und hielt mir einen Teller mit zwei Nutellabroten entgegen. Ich lächelte ihn an und er erwiderte es. Es war, als wären wir uns jetzt näher als je zuvor. Trotzdem schien zu bemerken, dass ich mit Carlie sprechen wollte, denn er ging wortlos wieder und schloss die Tür hinter sich.

Gierig stürzte ich mich auf die süßen Brote und wartete darauf, dass Carlie etwas sagte.

Das tat sie erst, als ich die Leckereien verputzt hatte: »Alice, ich muss mit dir reden.«

Es waren genau die Worte, vor denen ich Angst gehabt hatte und sogar die Kette, die sie mir zum Valentinstag geschenkt hatte, schien um meinen Hals zu vibrieren.

Doch ich wollte abwarten, nicht schon Panik bekommen, denn ich wusste ja noch nicht, was kam. Das hoffte ich zumindest ...

»Es tut mir so leid, was passiert ist ...«

Ich wollte Carlie jetzt schon unterbrechen und ihr wieder und wieder sagen, dass es nicht ihre Schuld war, doch sie gab mir keine Chance.

»Mein Vater hat dich geschlagen, weil er eigentlich mich treffen wollte und das ist unverzeihlich.« Jetzt konnte ich doch nicht mehr den Mund halten: »Carlie, bitte ...«

Sie hob die Hand, wie man es tat, wenn man nicht unterbrochen werden wollte, aber es fiel mir schwer, den Mund wieder zu schließen. Sie dachte so falsch über alles.

Carlie holte tief Luft: »Du hast deine Mutter

erst vor Kurzem verloren und du hast eh schon genug Schmerz, der dir zu schaffen macht. Ich möchte nicht, dass du noch mehr Pein durchleben musst.«

Das wusste ich doch schon! Carlie brachte mir keinen Schmerz, sie nahm ihn mir. Das wollte ich ihr sagen, doch sie ließ mich nicht zu Wort kommen.

»Ich weiß, dass du früher viel Zeit mit deiner Mutter verbracht hast und du auch jetzt Zeit mit deiner Familie brauchst. Ihr habt alle solches Leid erfahren, das ist grausam.« Die Worte klangen merkwürdig aus ihrem Mund, fast so, als würde Carlie sie nicht selbst glauben, sondern hätte sie auswendig gelernt. Was war denn plötzlich los?

»Ich kann dich nicht auch noch meinem Vater aussetzen.« Die Worte klangen final und mir schossen Tränen der Wut in die Augen.

»Was soll denn das?«, polterte ich. »Du hast mich wieder zum Lachen gebracht und was deinen Vater angeht, dafür kannst du doch ...«

»Oh doch, das kann ich!«, unterbrach sie

mich und schrie schon fast, als wöllte sie unbedingt, dass ich ihre Worte akzeptierte, auch wenn ich das nicht konnte. »Du bist meine Freundin, ich will mit dir zusammen sein und zusammen stellen wir uns gegen deinen Vater ...« Carlie lachte freudlos auf. »Das können wir nicht! Glaubst du nicht, ich habe es schon versucht? Du verdienst niemanden, der dir noch mehr Probleme bringt, als du eh schon hast.«

Ich wusste kaum, was ich sagen sollte. Noch nie hatte Carlie so gesprochen; was war in sie gefahren? Konnte es noch der Schock von dem Angriff ihres Vaters sein?

»Carlie, bitte, du denkst nicht klar«, versuchte ich es leiser, doch ich stieß auf taube Ohren.

»Oh doch, das tue ich. Ich sehe klarer denn je und ich werde ganz sicher nicht der Grund sein, dass du noch mehr kaputt gehst.«

»Noch mehr?«, echote ich und meine Stimme klang zittrig, als wäre sie eine kleine Maus, die sich gegen einen ausgewachsenen

Löwen stellte. »Du denkst, ich bin kaputt?«

Der Schmerz war kaum zu ertragen, auch wenn er nicht körperlicher Natur war. Er saß viel tiefer.

In Carlies Gesicht zuckte ein Muskel und sie stemmte die Hände in die Hüfte, doch schien es sich anders zu überlegen, als sie ihren Rippenbruchgürtel berührte. »Wir sind beide kaputt.«

Die vier Worte klangen so endgültig, dass ich mich am liebsten auf sie gestürzt hätte, um sie daran zu hindern, dass sie je mein Zimmer verließ. Weil das würde sie. Das wollte Carlie mir die ganze Zeit sagen. Doch warum?

»Wieso bist du so?«, fragte ich durch meine Tränen hindurch und hoffte, ich konnte an die *wahre* Carlie appellieren. Sie drehte sich voll zu mir und ich ließ den Blick über ihren Körper streifen. Über ihren kurvigen Körper, ihre Haare, die noch immer wie ein Vogelnest aussahen, und ihr Gesicht, das ich mehr liebte als alles andere. Ihre geschwungenen Lippen, ihre warmen, braunen Augen. Doch in diesem

Moment waren sie eiskalt, als wären sie dabei, Eiskristalle in alle Richtungen zu schießen.

»Es geht so nicht, Alice. Es funktioniert nicht.«

Der Atem stockte in meinem Hals und ich musste husten. Das ... nein! Das war nicht ... nein! Noch mehr salzige Tropfen rannen mir die Wangen hinab und ich bildete mir ein, dass es Carlie schwerfiel, mich nicht in den Arm zu nehmen. Sie war kein Eisklotz; sie war meine Freundin, mit der ich die leckersten Speisen gegessen, in der Konditorei gebacken und mit der ich die schönsten Nächte meines Lebens verbracht hatte. Das konnte sie doch nicht einfach wegwerfen!

»Carlie, bitte, hör mir zu ...« Doch das tat sie nicht. Sie drehte sich ein letztes Mal zu mir und sagte die kommenden Worte so kühl, als würde sie hoffen, sie würden mich zu einer Eisstatue erstarren lassen: »Ich kann dir das nicht mehr zumuten, Alice. Es ist aus.«

Carlie verließ den Raum, als wäre ich ihr egal. Als wäre ich ein Game Boy, mit dem sie gespielt hatte, nur um mich dann auf den

Boden zu werfen, damit ich brach.

Ich konnte es nicht fassen.

Es war nicht ...? Was war ...?

Ich konnte mir keine der Fragen beantworten und gab mich allein den Tränen hin, die mein geschundenes Gesicht in Flammen setzten. Aber es war mir egal. In diesem Moment war mir alles egal, außer die Frau, die gerade mein Zimmer verlassen hatte. Und das womöglich für immer.

Kapitel 16

Ich kann dir das nicht mehr zumuten, Alice. Es ist aus.

Die Worte hallten seit Tagen in meinem Kopf und brachten mich dazu, die gefühlt millionste Träne zu vergießen. Carlie hatte mich verlassen. Die Frau, in die ich alles gesetzt hatte, hatte mich verlassen. Und ich wusste noch immer nicht, wieso. Was war passiert?

Ich hatte schon viele Male versucht, Carlie zu erreichen, hatte ihr unzählige Nachrichten geschrieben, doch keine Antwort bekommen. Zu Beginn hatte ich mich gefragt, ob ich nur die richtigen Worte finden musste und sie würde sich wieder melden, doch es waren jetzt schon zehn Tage vergangen und ich wusste noch nicht einmal, wo Carlie sich aufhielt. Ich hoffte inständig, dass sie nicht zurück nach Hause gegangen war. Ich hatte wahnsinnige Angst um sie und wäre auch zu ihr nach Hause gegangen, doch ich hatte strenge Bettruhe einzuhalten. Mein Vater hatte sich die letzten Tage frei genommen und war bei mir geblieben, doch den Streit hatte ich ihm gegenüber nicht erwähnt. Nichts davon, dass Carlie unsere Beziehung beendet hatte. Er wusste es bestimmt, denn er fragte nicht ein einziges Mal, warum Carlie in den letzten Tagen nicht einmal vorbeigekommen war. Stattdessen quetschte er mich ständig aus, was genau passiert war und ob ich Carlies Vater nicht anzeigen wollte, doch ich wehrte ab. Ich wollte nichts in diese Richtung tun, ohne mit Carlie zu sprechen, und selbst als ich ihr auf die Mailbox gesprochen hatte, dass mein Vater mir mit der Anzeige im Rücken saß, hatte sie nicht geantwortet.

Ich ließ den Kopf gegen die Wand sinken und das Büchlein, das in meinem Schoß lag, rutschte ein Stückchen zur Seite. So viel wie ich in den letzten Tagen in mein Tagebuch geschrieben hatte, hatte ich schon lange nicht mehr verfasst und doch schien es nicht genug. Mehr denn je vermisste ich meine Mutter und auch wenn das Tagebuch kein Ersatz für sie war, war ich froh, es zu haben. Sonst wäre mein Kopf schon lange geplatzt.

Heute war der erste Tag, den mein Vater wieder bei der Arbeit verbrachte und ich hatte mir fest vorgenommen, nach draußen zu gehen. So langsam vergaß ich, wie die Außenwelt aussah, weil ich nur für die kurzen Arzttermine im Krankenhaus aus der Wohnung durfte und in dieser Zeit versuchte ich, so viel Luft wie nur möglich in die Lungen zu saugen. Durch meine Nase atmen konnte ich noch immer nicht.

Mit jedem Tag wurde mein Gesicht blauer und ich sah schon fast entstellt aus, doch meine Nase heilte gut und das war das Wichtigste. Ich war noch zwei Wochen krank geschrieben und obgleich ich die Tiere vermisste, war ich froh, denn so musste ich nicht allen auf der Arbeit erklären, warum ich so schrecklich aussah. Wobei ich wahrscheinlich auch in zwei Wochen noch nicht aussehen würde wie das blühende Leben ...

Ich trocknete die Tränen, die meinen Lidern entwischt waren und schaute wieder hinab auf mein Tagebuch, in das ich bisher heute nur das Datum geschrieben hatte.

Den 12. März 2019.

Ich wollte nicht noch einmal Seiten mit meinem Schmerz füllen und der Hoffnung, dass Carlie zurückkommen würde. Stattdessen entschied ich mich dazu, über alles zu schreiben und wie sie mich bewegt hatte. So würde ich mich immer daran erinnern können, dass es irgendwo Hoffnung und Helligkeit gab, obwohl Carlie mich nicht mehr sehen wollte. Ich musste mich an etwas festhalten.

Nachdem ich drei weitere Seiten in meiner krakeligen Schrift gefüllt hatte, beschloss ich, dass ich nicht den ganzen Tag Zuhause verbringen wollte. Meine Schmerzen hielten sich mittlerweile in Grenzen und ich konnte es kaum erwarten, mal wieder hinter das Steuer meines Autos zu kommen, das mein Vater vom Krankenhaus in unsere Garage gefahren hatte.

Ich versuchte, meine Verletzungen und blauen Flecke etwas zu überschminken, doch es brachte nicht viel. Nach ein paar Pinselstrichen gab ich es auf, holte stattdessen meine Schlüssel und Stiefel und stieg in sie hinein. Dann nahm ich den Mantel meiner Mutter und warf ihn um die Schultern.

Vor der Haustüre zögerte ich. Ich wollte noch mehr schreiben, ich wollte jemanden zum Reden haben, auch wenn es ein Tagebuch war. Schnell lief ich in mein Zimmer und holte das rote Büchlein, wie auch den Kugelschreiber, mit dem ich die Zeilen in das Büchlein schrieb. Dann ging ich durch die Tür und zog sie sachte hinter mir zu.

Das Wetter war schön, zumindest für einen Märztag, und das sollte sich in den folgenden Tagen auch nicht ändern, wenn ich dem lokalen Wetterbericht glauben konnte.

Der Friedhof lag still da und es standen kaum Autos auf dem Parkplatz.

Normalerweise wäre ich in die Gärtnerei gegangen und hätte Blumen gekauft, doch ich hatte Angst, dass ich Adam wiedersehen könnte. Noch immer verunsicherte mich unsere erste Begegnung, doch meine Gedanken waren so mit Carlie beschäftigt, dass sie sich nicht auch noch um den Angestellten der Gärtnerei drehen konnten, der mir den schönsten Blumenstrauß verkauft hatte, den ich je gesehen hatte.

Die gefrorene Wiese knirschte unter meinen Sohlen und ich drückte mein Tagebuch enger an die Brust, wie auch meine kleine Handtasche, in der ich die Schlüssel, den Geldbeutel und einige andere Kleinigkeiten lagerte.

Eigentlich war es zu kalt, um draußen zu schreiben, doch ich kuschelte mich nur mehr in den Mantel meiner Mutter. Er hielt mich warm, obwohl ich innerlich so kalt war, dass ich wie Elsa aus *Frozen* eine Stadt zu Eis erstarren lassen könnte.

Eine neue Träne lief mir über die Wange,

doch ich konnte mich kaum auf sie konzentrieren, denn je weiter ich über den Friedhof lief, desto entschlossener wurde ich, Carlie nicht aufzugeben. Ich würde Himmel und Hölle in Bewegung setzen.

Wieder Teil der Außenwelt zu sein, zeigte mir, wie leer meine Welt ohne Carlie wirklich war. Ich vermisste ihre Berührungen, ihr Lächeln und vor allem ihre wunderschönen braunen Augen, die mich auf ihre ganz eigene Weise anlächelten. Ich würde sie nicht kampflos aufgeben, auch wenn ich keine Ahnung hatte, was genau passiert war. Zumindest diese Erklärung war sie mir schuldig.

Ich lief auf den Platten, die den Weg zum Grab meiner Mutter bildeten, und kam vor ihrer Ruhestätte zum Stehen. Zu meinem Erstaunen war der Strauß, den ich vor einiger Zeit gekauft hatte, noch immer frisch, wenn auch gefroren. Das Grab sah schön aus, wenn man das von einer Grabstätte behaupten konnte.

Die Blumen glänzten eisig in der Sonne des Märztages – besonders die Lilien – und am liebsten hätte ich ein Foto von Mamas Grab gemacht, um es immer bei mir zu tragen. Das war genau die Art von Grab, die meiner Mutter gefallen hätte. Sie würde hier stehen und lächeln.

Langsam ließ ich mich vor dem Grab zu Boden sinken und es war mir egal, dass sich die Feuchte durch meine Hose fraß. Erst dann fiel mein Blick auf den Rosenstrauß, der mir schon beim letzten Mal aufgefallen war. Doch es war nicht derselbe, wie ich nach kurzem Zögern feststellte. Es war genau die gleiche Art Strauß und die Blumen waren exakt identisch angeordnet, nur der selbstgeschriebene Text auf der Karte war ein anderer. Anstatt eines Geburtstagsgrußes stand nun geschrieben:

Ich hoffe, du wärst stolz auf mich. Ich liebe dich. xoxo

Jetzt war ich mir sicher. Es musste Zoe gewesen sein, die den Text geschrieben hatte. Auf wen sollte Mama sonst noch stolz sein? Vielleicht vermisste meine Schwester unsere Mutter mehr, als ich bisher gedacht hatte. Doch konnte meine Schwester ...?

Die älteren Herrschaften, die normalerweise den Friedhof bevölkerten, hätten mich wahrscheinlich ausgeschimpft, doch ich zog mein Handy heraus und erst dann fiel mir auf, dass ich noch nicht auf die Nachricht geantwortet hatte, die Zoe vor dem *Unfall* geschickt hatte.

Wenn ich ehrlich war, war ich sauer, dass sie mich nicht im Krankenhaus besucht hatte, doch gerade wollte ich ihre Stimme hören. Ich wollte mich mit ihr versöhnen, wie es der Wunsch meiner Mama gewesen wäre. Vielleicht wäre sie dann nicht nur auf Zoe stolz.

Ich tippte auf Zoes Namen in meiner Kontaktliste und das Freizeichen ertönte. Während ich wartete, stand ich auf und schaute noch immer auf das Blumenmeer auf dem Grab meiner Mutter. Nach dreifachem Tuten nahm meine Schwester ab.

»Hallo?«, erklang ihre Stimme und am liebsten hätte ich vor Erleichterung laut aufgeatmet. Sie wollte wohl auch mit mir sprechen, denn sie ignorierte mich nicht. Wie Carlie ...

Ich schloss für einen Moment die Augen, dann antwortete ich. »Hallo, Zoe.«

»Alice?«, fragte sie in den Hörer, obwohl sie an meiner Nummer schon erkannt haben musste, dass ich es war. Ich war in ihrem Handy eingespeichert.

Für einen Moment war es still, dann sprach ich: »Wie geht es dir?«

Meine Schwester nahm einen tiefen Atemzug, den ich sogar durch das leichte Knistern in der Leitung hören konnte.

»Okay und dir?« Ich dachte nicht lange nach: »Auch alles okay.«

Ich wusste nicht, ob sie von meinem *Unfall* gehört hatte, deshalb beschloss ich, ihn nicht zu erwähnen, außer sie brachte ihn ins Gespräch. »Ich freue mich, dass du dich meldest. Also war es doch das Richtige.«

Für einen Moment erstarrte ich.

»Was meinst du?« Ich konnte mir auf ihre Worte keinen Reim machen. Was war das Richtige? Wovon sprach sie?

Zoe redete nicht lange um den heißen Brei. »Dad hat mir von deiner ... Liebelei mit dieser Frau erzählt«, begann sie und am liebsten hätte ich sie schon bei dem abwertenden Begriff *Liebelei* unterbrochen, doch ich war wie steifgefroren. Ich konnte nicht sprechen, dafür tat es Zoe, fast wie ein Wasserfall: »Und dann hat er mich angerufen und gesagt, dass dich der Vater von dieser Tusse verprügelt hat. Du hast dich ewig nicht gemeldet, dann habe ich ihr im Krankenhaus mal richtig Bescheid gegeben. Als hättest du nicht genug Sorgen mit Mamas Tod ...«

Die Puzzlesteine fielen ineinander, als hätte jemand meinen Kopf geschüttelt und sie so an den rechten Platz gerückt. *Natürlich!* Zoe war im Krankenhaus gewesen und hatte mit Carlie gesprochen, eher geschrien. Deshalb war meine Freundin plötzlich so abweisend geworden! Ich hatte erwartet, dass ich geschockt sein würde, doch das war ich nicht. Ich war sauer. Stinksauer.

Zoe brabbelte noch immer, doch ich schrie dazwischen. Mir war egal, dass ich mich auf einem Friedhof befand. Scheißegal.

»Was glaubst du, wer du bist?!«

Der Schrei, den ich losgelassen hatte, schien sie zu beeindrucken, denn meine Schwester verstummte sofort. Ich ließ mir keine Atempause und es war mir egal, dass meine Nase schmerzte, wenn ich Luft ausstieß. »Du beschuldigst meine Freundin, MEINE Freundin, dass sie mir nicht guttut! Wer bist du, du elendes Stück? Ich war endlich wieder glücklich und du machst es kaputt?!«

Ich holte tief Luft für den Satz, den ich sagen musste. Noch nie war ich mir einer Aussage so sicher gewesen. Ich ballte meine freie Hand zur Faust und brüllte – in einem noch lauteren

Tonfall – in den Hörer: »Ich will dich nie, nie wiedersehen.« Anders als das letzte Mal, meinte ich die Worte diesmal. Ich nahm das Handy vom Ohr und beendete den Anruf. Der Schock, den ich zuvor erwartet hatte, setzte mit Verspätung ein und Tränen gesellten sich zu meiner Starre.

Was hatte sie getan? Was genau hatte sie Carlie gesagt? Wie hatte sie nur können?

Ich sank auf die Knie vor dem Grab meiner Mutter und ohne nachzudenken, nahm ich Zoes Strauß von der kalten Erde und schleuderte ihn weg – weg von dem Grab *unserer* Mutter.

Das Gespräch mit ihr lähmte mich nicht nur, sondern zeigte mir deutlicher denn je, dass Carlie die Frau für mich war. Sie hatte mich sofort verlassen, als sie dachte, ihr Umgang könnte mir schaden. Gab es einen größeren Liebesbeweis, egal wie sehr er schmerzte?

Ich beschloss, ein ernstes Wort mit meinem Vater zu sprechen – besonders was Zoe betraf – doch jetzt musste ich erstmal etwas anderes tun. Auch dieser Plan kam mir mehr zugeflogen, als dass ich ihn fasste.

Eilig sprang ich in die Höhe und drückte das Tagebuch nah an meine Brust, dann lief ich los.

Ich erinnerte mich noch genau an den Gang, aus dem Carlie gekommen war, an jenem Samstag, an dem wir uns zum ersten Mal gesehen hatten. Und das Grab eines Jungen, der John hieß und noch vor seinem sechzehnten Geburtstag verstorben war, konnte es auch nicht so häufig geben.

Ich lief die Reihe entlang und allerlei Namen waren auf den Grabsteinen angebracht: *Ross Haig, Madison Steinfeld, Barbara Geller ...*

Ich war fast am Ende der Reihe angekommen und fragte mich gerade, was ich tun sollte, wenn ich sein Grab nicht fand, als ich den Namen sah:

John Greggs 1993-2008

Das Grab war schlicht gehalten und doch

konnte man auch ohne die Jahreszahlen erahnen, dass es sich bei dem Toten nicht um einen Erwachsenen handelte. Es standen einige Modellflugzeuge auf dem Grabstein und die Blumen waren in hellen Tönen gehalten, als wollte man die Kinderfreude, die in den meisten Heranwachsenden steckte, auf das Grab übertragen.

Doch ich war nicht hier, um jemandem nachzutrauern, den ich gar nicht kannte.

Ich holte mein Tagebuch hervor und schlug es auf die neuste Seite auf, die noch komplett leer war. Dann nahm ich meinen Kugelschreiber und schrieb:

12. März 2019

Liebe Carlie,

dieser Eintrag geht an dich. Noch nie habe ich jemandem Zugang zu meinem Tagebuch gewährt, doch du bist kein Jemand.

Meine Schwester hat dich angelogen, ja manipuliert, und ich hoffe, die Einträge zeigen dir, was ich für dich empfinde.

Ich warte am Freitag, um 18:30 Uhr vor Ice Cream Queens auf dich. Falls du mich noch willst.

In Liebe,

Alice

Ich las die Zeilen noch einmal und befand sie als gut, denn sie waren die Wahrheit.

Carlie hatte mir zu Beginn unserer Beziehung erzählt, dass sie das Grab ihres toten Freundes jeden Mittwoch besuchte, also musste sie morgen vorbeikommen. Und da kein großer Schneesturm oder Wetterumschwung angesagt war, würde das Büchlein bis morgen überleben. Da war ich sicher.

Ich holte eine kleine Plastiktüte aus meinem Handtäschchen und steckte das Tagebuch hinein. Dann beugte ich mich hinab und platzierte es so hinter Johns Grabstein, dass es nicht zu auffällig war, aber doch jedem, der genauer hinsah, ins Auge fallen würde.

Da Carlie auf keine meiner Nachrichten

reagierte und nicht mit mir sprechen wollte, war dies meine einzige Chance. Ich hoffte so sehr, dass sie die letzten Tage nicht Zuhause verbracht hatte, deshalb ging ich dort nicht hin. Es machte keinen Sinn, sich nochmal der Gefahr ihres Vaters auszusetzen, wenn Carlie vermutlich auch nie wieder zu ihren Eltern zurückkehren würde. Schon gar nicht, weil ich jetzt wusste, dass man nicht viel darauf geben konnte, dass er angeblich arbeiten war ...

Ein letztes Mal betrachtete ich das Büchlein mit all meinen Geheimnissen hinter dem kalten Stein. Dann drehte ich mich um.

Ich lief den Weg zurück und dachte daran, was ich tun würde, wenn Carlie am Freitag nicht zum Eisladen kam. Allein bei dem Gedanken liefen mir wieder Tränen hinab, aber es war mir egal, ob ich eine Heulsuse war oder nicht. Vollkommen egal.

Ich wollte die Frau zurück, die mir nach dem Tod meiner Mutter alles gegeben hatte. Ich konnte nur hoffen, dass sie mich noch wollte.

Bevor ich wieder in meinen Wagen stieg, um

früher Zuhause anzukommen, wie mein Vater – er würde mir mit Sicherheit eine Standpauke halten dafür, dass ich nach draußen gegangen war, obwohl mir die Ärzte etwas anderes rieten. Doch ich zögerte.

Was war schon eine weitere Nachricht? Ich zog mein Handy heraus und tippte auf Carlies Namen. Meine vielen Nachrichten, die alle unbeantwortet geblieben waren, poppten auf, doch sie kümmerten mich nicht. Stattdessen presste ich den Finger auf das Textfeld und schrieb:

Bitte geh morgen zum Friedhof. Etwas wartet dort auf dich. Bitte geh hin.

Ich nickte vor mich hin. Aus dem Text ging hervor, dass ich nicht in Person auf sie warten würde, also würde sie wahrscheinlich hingehen, oder? Ich hoffte es so.

Ich schaute in den Himmel und hoffte, dass meine Mutter auf mich herabsah und mir die Daumen drückte. *Bitte Carlie*, murmelte ich vor mich hin, ehe ich in mein Auto stieg und den Motor anließ. Dann fuhr ich durch die kalte Stadt nach Hause und konnte nichts mehr tun, als zu hoffen.

Kapitel 17

Carlie

Carlie schreckte hoch. Der Wecker hatte geklingelt, obwohl sie sich heute frei genommen hatte. Natürlich, sie hatte gestern vergessen, ihn auszuschalten.

Erst am Abend hatte sie ihr Handy geladen, dessen Akku Stunden zuvor aufgegeben hatte, doch sie war früher nicht dazu gekommen.

Bis spät am Abend hatte sie gestern in der Konditorei gearbeitet, obwohl sie es seit vielen Tagen ohne die Liebe tat, die sie normalerweise für ihren Job empfand.

Chelsea hatte bemerkt, dass etwas nicht stimmte, doch sie hatte nicht gezögert, als Carlie sie gefragt hatte, ob sie ein paar Nächte bei ihr verbringen konnte. Wahrscheinlich brachte ihr der Rippenbruchgürtel zusätzliche Mitleidspunkte, doch die Hauptsache war, dass Carlie nie wieder dorthin zurückgehen musste, wo sie unter Terror aufgewachsen war und wo ihre Freundin von Carlies Vater zusammengeschlagen worden war. Ihre eigenen Wunden sah sie mehr als Kollateralschaden an, aber selbst ein Schaden tat weh.

Langsam schälte sie sich aus dem Bett und drückte auf den Button *Alarm ausschalten*, damit er nicht in fünf Minuten von Neuem zu klingeln begann.

Carlie schaute auf die Uhr und war froh, dass sie 7 Uhr morgens anzeigte.

Chelsea war schon seit über einer Stunde in der Konditorei und Carlie war froh, dass der Wecker sie nicht geweckt hatte.

Stattdessen fiel ihr Blick auf eine verpasste Nachricht, die von Alice kam. Sie musste schwer schlucken und war sich nicht sicher, wie viele WhatsApps sie noch von der Frau ertragen konnte, die sie liebte. Aber nicht lieben durfte, weil sie Alice schadete.

Die Nachricht ploppte auf und Carlie traute ihren Augen kaum:

Bitte geh morgen zum Friedhof. Etwas wartet dort auf dich. Bitte geh hin.

Etwas wartete auf sie?

Carlie checkte, wann der Text abgeschickt worden war. Gestern um 11:30 Uhr hatte sie die Nachricht erhalten, was nur bedeuten konnte, dass heute irgendetwas auf dem Friedhof auf sie wartete. Doch was konnte es sein? Und was konnte es sein, wenn es Alice so viel bedeutete?

Carlie ging jeden Mittwoch auf den Friedhof, um Johns Grab zu besuchen, und auch wenn Alice keine Nachricht geschickt hätte, wäre sie hingegangen.

Das sagte sich Carlie immer wieder, als wäre es eine Entschuldigung dafür, dass sie darüber nachdachte, ihren eigenen Code zu brechen, und lief ins Bad. Schnell duschte sie und band ihre Haare mit den bunten Spitzen zu einem Pferdeschwanz. Wie Alice es so oft tat.

Seit Carlie die Beziehung beendet hatte, war sie nur noch ein Häufchen Elend, obwohl sie es sich verbat. Sie hatte kein Recht traurig zu sein, denn sie hatte Alice nur geschadet und sollte eigentlich dafür bestraft werden. Sie durfte Alice nicht vermissen.

Doch alle Regeln über Bord, Carlie vermisste sie. Sehr.

Die meiste Zeit ihres Lebens drehte sich um ihre Familiensituation, doch Alice hatte alles verändert. Sie hatte nicht nur einen neuen Lebensabschnitt mit ihr begonnen, sondern ihr ein neues Lebensgefühl gegeben. Carlie konnte es nur schwer beschreiben, aber sie war sich sicher, dass sie Alice liebte. Noch nie hatte sie sich je zu einer Frau hingezogen gefühlt, obgleich sie schon seit vielen Jahren wusste, dass sie lesbisch war. Alice war anders.

Mit dem Kopf bei der jungen Frau machte sich Carlie eine heiße Schokolade und musste an die Abende denken, die sie bei Alice verbracht hatte. Das gute Essen, die gelöste

Stimmung, die tollen Unterhaltungen, der Sex – sie vermisste einfach alles.

Als könnte die Hitze des Kakaos den Schmerz vertreiben, nahm sie einen großen Schluck, obwohl das Milchmischgetränk noch viel zu heiß war. Carlie genoss das Brennen.

Unmöglich konnte sie Alice antworten, aber sie sollte zumindest ihrer Bitte nachgehen. Wenn es Alice so wichtig war, war sie es ihr schuldig.

Eng band sie ihren Rippengürtel um die geschundene Mitte und zog sich einen dicken Mantel an. Sie eilte aus Chelseas kleiner Wohnung und machte sich auf den Weg von der Stadtmitte zum freien Friedhof. Die Kälte schnitt ihr ins Gesicht und sie dachte unwillkürlich an Alices gebrochene Nase. Ob sie wohl noch starke Schmerzen hatte?

Mit jedem Schritt, den sie tat, hoffte Carlie, dass sie nicht irgendwann auf den Mann treffen würde, den sie nie wieder ihren Vater nennen würde. Er war schon immer grausam gewesen – die Schläge, die verbalen Qualen, die Angst – doch mit seiner letzten Prügelattacke hatte er eine Grenze überschritten.

Carlie hatte sich nicht einmal mehr getraut, Kleidung aus ihrem ehemaligen Zuhause zu holen. Im Moment trug sie die wenigen Klamotten, die sie sich billig in einem Second Hand – Laden gekauft hatte und alles andere war eher ein Provisorium als ihr Eigentum. Doch das war egal. Im Moment hatte sie dank Chelsea ein Dach über dem Kopf und sie war schon auf der Suche nach einer eigenen Wohnung, egal ob ihr gesamtes Gehalt dafür draufgehen würde. Sie musste auf die Füße kommen.

Carlie war sich sicher, dass sie es mit Alice an ihrer Seite meistern würde, doch sie fühlte sich so allein wie nie. Aber wenn Alices Schwester Recht hatte und sie der Frau, die sie liebte, nur Schmerzen bereitete, konnte sie sich nicht in ihr Leben drängen. Es wäre ihr gegenüber nicht fair.

Carlies Stiefel quietschten auf dem eisigen

Grund und endlich kam der Friedhof in Sicht. Manchmal ging sie in die Gärtnerei, die direkt am Eingang lag, doch nicht heute. Heute wollte sie herausfinden, warum Alice ihr geschrieben hatte. Und sie wollte Johns Grab sehen. Der Anblick seiner letzten Ruhestätte gab ihr immer das Gefühl, nicht allein zu sein, obwohl es paradox war.

Schnell legte sie die Meter zwischen sich und Johns Grab zurück, der Ruhestätte mit den Modellflugzeugen und den bunten Blumen, wie sie schon seit vielen Jahren dalag. Nur heute war etwas anders.

Carlie setzte sich in die Hocke und ihre gebrochene Rippe schrie auf. Dennoch griff sie nach etwas in einer Plastiktüte, das hinter dem Grabstein lag. Was sollte das sein?

Zu neugierig, um zu warten bis sie wieder bei Chelsea Zuhause war, zog Carlie ein rotes Büchlein aus der Plastiktüte, das sie noch nie gesehen hatte.

Sie klappte es auf und die ersten vier Worte ließen ihren Atem stocken. In einer verschnörkelten Schrift standen sie auf der ersten Seite, als wären sie die Überschrift all dessen, was sich auf den folgenden Seiten befand: *Tagebuch von Alice Heights.*

Carlie schlug das Buch sofort wieder zu.

Was sollte das? Was änderte Alices Tagebuch an allem?

Carlie atmete tief durch und öffnete das Buch noch einmal, diesmal zur letzten Seite, die beschrieben war. Dann fielen ihre Augen auf die Zeilen, die an sie gerichtet waren und ihr Atem stockte.

Was Alice für mich empfindet? Ich soll sie am Freitag treffen?

Carlie wusste nicht, wohin mit ihren Gedanken, deshalb steckte sie das Buch ein und rannte geradezu über den Friedhof. Sie wollte zurück in Chelseas Wohnung. So sehr sie es sich selbst verbieten wollte, sie wollte lesen, was Alice über sie geschrieben hatte. Vielleicht ...?

Nein, sie musste an Alice denken, nicht an ihre eigenen Gefühle. Doch was, wenn Alice recht hatte und ihre Schwester Carlie manipuliert hatte? Hatte Alice nicht erzählt, dass sie kaum Kontakt hatten? Aber trotzdem, sie hatte ja recht, nicht?!

Carlie kam langsam außer Puste und doch rannte sie weiter. Die Luft, die ihr zuvor zu kalt vorgekommen war, war nun eine angenehme Kühle in ihrem aufgeheizten Gesicht. Erst als das Gebäude, in dem Chelseas Wohnung lag, in Sicht kam, drosselte Carlie das Tempo.

Die Zeilen würden ihr nicht wegrennen und doch fühlte es sich für sie an, als könnten die Worte jeden Moment verschwinden.

Eilig schloss sie die Haustür auf und stürmte die Stockwerke nach oben. Dann steckte sie den nächsten Schlüssel ins Schloss und ging sofort in das Zimmer, das Chelsea für sie hergerichtet hatte. Es war ein warmer Raum mit einer bunten Bettwäsche, einer blauen Wand und vielen Regalen, doch Carlie hatte keinen Blick für sie. Allein das Tagebuch zählte.

Sie ließ sich kurz wieder zu Atem kommen,

dann schlug sie das Tagebuch zum ersten Tag auf, an dem sie Alice angesprochen hatte. Jenem Freitag im Januar, nachdem sie samstags ineinander hineingelaufen waren.

Der Eintrag war schnell gefunden und Carlie überflog ihn, bis sie ihren eigenen Namen las:

... Heute habe ich eine junge Frau getroffen, die einfach atemberaubend ist. Sie hat mich angesprochen und mich nicht einmal komisch angesehen, als sich mein Getränk auf dem Boden verteilt hat. Sie ist so selbstbewusst und wunderschön.

Carlie schluckte. So sah Alice sie?

Oft war sie mit ihrem Aussehen nicht zufrieden. Die meisten Menschen würden sagen, dass sie zu viele Kilos auf den Rippen hatte und dass ihr Gesicht asymmetrisch war und so gar nicht wie das der Models im Fernsehen.

Carlie bemerkte es kaum, doch es stiegen Tränen in ihr auf. Schnell blätterte sie eine

Seite nach vorn, zu dem Tag, an dem Alice und sie Essen gegangen waren im *House of India*.

Mama, du hättest Carlie sehen sollen. Sie hat mich begrüßt und am liebsten hätte ich sie nie wieder losgelassen.

So habe ich mich noch nie gefühlt, es war, als wäre sie eine Farbe, die es vorher in meiner Welt nicht gab. Als käme sie als neues Element in mein Universum.

Du würdest jetzt spielerisch die Augen verdrehen, das weiß ich, aber ich glaube, ich bin in Carlie verschossen.

Und das Eis, das wir gegessen haben, hätte dir auch geschmeckt. Es war fantastisch.

Du wirst es nicht glauben, aber wir haben uns in meinem Auto geküsst! Beim ersten richtigen Date! Ich war noch nie so glücklich mit jemandem auf diese Art und Weise.

Es war, als würde sie mir Leben einhauchen. Und das mit Luft, die ich noch nie eingeatmet habe.

Wir sehen uns bald wieder und ich kann es nicht erwarten.

Carlie schluchzte mittlerweile bei jedem Satz, den sie las, auch wenn manche klangen, als hätte sie eine verliebte Zwölfjährige geschrieben.

Ihr Kopf kämpfte noch immer gegen ihre eigenen Gefühle an und versuchte ihr einzureden, dass Alice das einfach nur geschrieben haben konnte, um sie zurückzugewinnen, und dass es gar nicht ihr Tagebuch war. Aber Carlie wusste es besser.

Aus jeder Zeile sprach ein solches Gefühl, dass es nur die Zeilen einer verliebten jungen Frau sein konnten.

Warum wollte sie sich weiter wehren, wenn Alice so für sie empfand?

Weil sie wegen mir zusammengeschlagen wurde!, warnte eine Stimme, doch Carlie las weiter. Diesmal den Eintrag vom 31. Januar 2019. Dem Tag, an dem sie zum ersten Mal miteinander geschlafen hatten.

Liebe Mama,

ich erinnere mich genau an den Tag deiner Beerdigung. Ich habe so viel geweint, dass mir die Augen wehtaten und ich hätte alles dafür gegeben, dich lebend aus dem Sarg befreien zu können. Doch ich konnte nicht.

An diesem Tag habe ich gewusst, dass ich niemals wieder lachen würde. Dass mein Leben mit deinem geendet hat. Doch ich lag falsch.

Ich traure heute nicht weniger um dich, bitte versteh mich nicht falsch. Aber ich traure anders, denn eine Frau hat mich wieder zum Leben erweckt. Carlie.

Carlie und ich hatten einen wunderschönen Abend und stell dir vor, sie hat mir sogar Kekse gebacken! Und dann ... dann haben wir miteinander geschlafen und ich war mir sicher, dass mein Herz aus meiner Brust gesprungen ist, weil es noch nie so schnell geschlagen hat. Ich habe mich noch nie so von einem Menschen geliebt gefühlt. Es ist nicht die Art von Liebe, die wir zwischen uns haben, nein. Es ist eine neue Art von Liebe und noch nie war ich so erfüllt von einem Gefühl. Carlie ist jetzt meine Freundin, das glaube ich zumindest, und ich weiß, dass du dich für mich freuen würdest. Da bin ich ganz sicher.

Ich liebe dich,

Alice

Jede Zeile brachte Carlie weitere Bäche, die ihr die Wangen hinabstürzten und während sie Alices Worte aufsog, fühlte sie jede Emotion, die diese beschrieb. Die Küsse, das Gefühl, zum ersten Mal miteinander zu schlafen, die Faszination, die Liebe.

Carlie wusste nicht, wie viel sie noch ertrug, doch sie blätterte weiter. Sie wollte in den nächsten Tagen jedes einzelne Wort lesen, doch gerade suchte sie besonders nach den Momenten, die sie selbst als unglaublich abgespeichert hatte. Sie musste einfach wissen, was Alice für sie empfand.

Am 02. Februar wurde sie fündig. Carlie

erinnerte sich, dass sie an diesem Tag zum ersten Mal von den Schlägen ihres Vaters erzählt und ihr die Spuren des Staubsaugerkabels gezeigt hatte.

Darüber zu lesen, wie sehr es Alice schmerzte, dass Carlie Schmerzen hatte, brachte sie fast dazu, ihre Nummer zu wählen und sie anzurufen. Doch bei einem Satz stoppte Carlies Herz. Dort war der Beweis, blaue Tinte auf weißem Grund:

Ich glaube, ich liebe Carlie.

Carlie brach weinend über dem roten Tagebuch der Frau zusammen, die sie über alles liebte.

Alices Schwester hatte sie angelogen, sie hatte sie mit allem belogen und das wurde Carlie schmerzhaft bewusst. Sie las die fünf Worte noch so häufig, bis keine Tränen mehr kamen und sie nur noch ein Häufchen Elend vor dem intimsten Büchlein war, das sie je in den Händen gehalten hatte.

In diesem Moment fasste sie einen Entschluss. Es war ihr egal, wie selbstsüchtig dieser sein mochte, sie würde an ihm festhalten. Das versprach sie auch im Stillen der Frau, an die Alice tagtäglich schrieb und die Carlie nie kennenlernen würde.

Kapitel 18

Ich stand vor *Ice Cream Queens* und hüpfte von einem Fuß auf den anderen, die Hand an der Kette, die mir Carlie vor mehr als einem Monat geschenkt hatte.

Nervös war gar kein Ausdruck für meinen Zustand und mein Kopf spielte alle möglichen Szenarien durch: Was, wenn Carlie nicht käme? Was, wenn alles vorbei war? Der Gedanke schmerzte zu sehr, als dass ich ihn zu Ende hätte denken können.

Zum wiederholten Male schaute ich auf die Uhr an meinem Handy und es schien mir, als verginge die Zeit einfach nicht.

Es war 18:28 Uhr. Noch zwei Minuten.

Ich fuhr mir übers Gesicht und zuckte zusammen, als ich an meine Nase kam. Noch immer sah ich aus wie ein zugerichteter Boxsack, doch für heute Abend hatte ich mich so gut geschminkt, wie ich nur konnte und ich hoffte, ich sah in Carlies Augen nicht zu schlecht aus.

18:29 Uhr. Nur noch eine Minute.

Mein Blick wanderte ins Innere des Eiscremeshops und ich sah einige Pärchen, die an Tischen saßen und sich große Eisbecher teilten. Wie gern wäre ich da drin gesessen, mit Carlie an meiner Seite und einem großen Becher Schokoeis mit Minzsoße vor uns. Wie wir es an unserem ersten richtigen Date gegessen hatten.

Der Gedanke, dass Carlie über meine intimsten Gefühle gelesen haben konnte, ließ mich fast verrückt werden und ich hoffte, dass Carlie die Worte nicht als kitschig oder übertrieben empfand. Doch was, wenn sie genau das tat?

Bevor ich mich auch noch in diesen Gedanken hineinsteigern konnte, blieb mir die Luft im Halse stecken und ich riss meine Augen auf. Nein, es war kein Irrtum.

Es war Carlie, die auf mich zugelaufen kam.

Ich hatte erwartet, dass ich mich freuen würde, doch das war eine große Untertreibung: Mein Herz pochte und die

Liebe, die ich für diese Frau empfand, wurde mir nur umso bewusster. Ich hatte sie so sehr vermisst.

Eigentlich war ich nicht mutig oder direkt, doch ich konnte nicht anders. Ich lief ihr entgegen und schon wieder rannen mir Tränen hinab, doch diesmal waren es Freudentränen.

Auch Carlies Augen wirkten glasig und ohne zu zögern, ohne sie mit Blicken um Erlaubnis zu bitten, schlang ich die Arme um ihren Hals. Sie erwiderte die Umarmung und zog meinen Körper so nah an ihren, dass ich kaum Luft bekam. Doch Luft war in diesem Augenblick nicht wichtig. Alles, was zählte, war Carlie.

Erst nach gefühlten Stunden ließen wir einander los und Carlie legte eine Hand an meine Wange, ehe sie meinen Kopf zu sich zog und ihre Lippen auf meine presste. Ihr Mund war weich und doch drängend und ich küsste sie zurück, so wild ich nur konnte. Sie war zärtlich und vorsichtig, nicht meine Nase zu berühren, doch ich hätte es ihr nicht übel genommen, wenn sie es getan hätte.

Sanft schob sie mich zurück und schaute mir tief in die Augen. »Ich liebe dich auch.«

Sie hat meine Einträge gelesen! Sie hat sie wirklich gelesen!

Ich legte die Hände an ihre Wangen und zog ihren Kopf zu meinem. Ich küsste sie noch einmal und in genau diesem Augenblick schien es mir schon fast idiotisch, dass ich mir je Gedanken darüber gemacht hatte, was jemand anderes dachte.

Ich liebte Carlie und sie liebte mich. Darauf kam es an.

Als wir uns voneinander lösten, griff Carlie sofort nach meiner Hand und schweigend betraten wir den Eiscremeshop. Ohne mich zu fragen, bestellte sie das Schokoeis mit Minzsoße und ich musste unwillkürlich grinsen. Wir liefen zu einem freien Tisch und ließen uns gegenüber einander nieder.

Erst nach einigen Atemzügen sprach Carlie. »Es tut mir so leid«, begann sie und ihre Augen suchten wild nach etwas im Raum, woran sie sich festhalten konnten, »ich hätte deiner Schwester nie glauben dürfen, aber als sie gesagt hat, dass ich dir nur Schmerzen bereite und du das gesagt hättest ... Und nach der Attacke meines Vaters ...«

Carlie stammelte mehr, als dass sie sprach und am liebsten hätte ich ihr jeglichen Druck von den Schultern genommen. Ich griff nach ihrer Hand und führte sie zu meinem Mund. »Du musst dich für nichts entschuldigen. Es war nicht deine Schuld!«

Sie nickte leicht und doch schien sie weiterhin nervös. »Aber ich hätte sofort ehrlich mit dir sein müssen. Ich hätte nie gedacht, dass ich ... dass du ...«

Jetzt lächelte ich Carlie an und beendete den Satz für sie: »... dass ich dich liebe?«

Carlie sog die Luft scharf ein und allein für das Lächeln, das sich auf ihrem Gesicht ausbreitete, hätte ich Berge erklommen. Nur am Rande nahm ich wahr, dass eine Mitarbeiterin unseren großen Eisbecher auf den Tisch stellte; ich konnte die Augen nicht von Carlie nehmen. Ich hatte sie so sehr vermisst und solche Angst gehabt, dass ich sie nie wiedersehen würde. Dass sie einfach aus meinem Leben verschwunden war und nie wieder zurückkehren würde. Doch sie war hier. Und wir waren ehrlich miteinander; nichts stand zwischen uns.

»Carlie, ich weiß nicht, ob du alles gelesen hast ...«, fing ich an und sah, wie sie nickte. Ich hatte einen Eintrag verfasst, über den ich unbedingt mit ihr reden musste und wenn ich ehrlich war, hatte ich Angst vor ihrer Reaktion. Doch ihn nicht anzusprechen, wäre schlicht feige gewesen.

Ich schaute auf den Eisbecher und sprach leise: »Ich weiß nicht, ... was ich bin. Ich weiß nur, dass ich dich liebe und dass ich Frauen mag, aber ich glaube, also ... ich denke, dass ich nicht nur Frauen ...«

Ich hasste dieses Gestammel, doch was sollte ich tun? Ich wollte, dass Carlie verstand, dass ich nur sie liebte und trotzdem glaubte, dass ich nicht nur Frauen attraktiv fand. Doch würde sie sauer sein? Hatte sie den Eintrag zu

Adam überhaupt gelesen?

Zu meiner Überraschung legte Carlie beide Hände auf meine und ihre Augen strahlten mich an. »Süße, ich möchte nicht, dass du dir einen Stempel aufdrückst. Mir ist egal, ob du lesbisch, bi- oder sogar pansexuell bist. Es ist mir völlig egal. Wir sind alle Menschen und Menschen lieben Menschen. Es sollte egal sein, welchen Geschlechts, welcher Rasse oder welchen Alters. Ich liebe dich und daran wird sich nie etwas ändern.«

Nicht nur das Kosewort machte es schwer für mich, zu Atem zu kommen, denn wenn man von Glück erdrückt werden konnte, dann wurde ich das in genau diesem Moment. Und in dem Augenblick wurde mir bewusst, dass es mir egal war, was die Menschen dachten. Dass es mir egal war, was mit meiner Schwester passierte, zumindest im Moment, denn ich war zu sauer, um empathisch zu sein. Genau in diesem Moment wusste ich, dass meine Mutter lächelnd auf mich hinabschaute und dass wir alle Probleme würden bewältigen können.

Die Frau, die mir gegenübersaß, und deren braune Augen in dem hellen Licht des Ladens leuchteten wie Kristalle, war jetzt mein Leben.

Kapitel 19

2 Monate später

Carlie stellte den Teller mit Pancakes auf den Tisch und ich lächelte sie an.

Es war noch immer merkwürdig, dass meine Freundin jetzt bei mir wohnte und doch war das Gefühl unbeschreiblich.

Der Wohnungsmarkt sah weiterhin schlecht aus, doch wir suchten weiter nach einer Wohnung, die für uns beide ein Zuhause werden könnte. Doch bis wir ein solches gefunden hatten, war Carlie mit in mein Zimmer gezogen und mein Vater hatte uns seinen offiziellen Segen gegeben.

Meine Freundin setzte sich mir gegenüber und legte mir einen Teigfladen auf den Teller, bevor sie mir das Nutella herüberschob. Ihre Lieblingsserie *Friends* lief im Hintergrund und ich sah Carlie zu, wie sie wortlos den Mund zu den Worten der Charaktere bewegte.

Ich grinste breit und genoss die Tatsache,

dass ich mein Gesicht endlich wieder als einigermaßen hübsch bezeichnen konnte. Mein Verband war endlich ab und Carlie hatte mich fast zu fürsorglich umsorgt. Auch sie war den Rippenbruchgürtel los und es schien fast, als wäre gar nichts gewesen. Doch so war es nicht.

»Wie war es bei der Polizei?«, fragte ich, stellte die Serie leiser und strich die Nussnougatcreme auf meinen Pancake, den ich zum Abendessen aß. Carlie seufzte und griff nach der Minzpaste. »Es geht, denke ich. Ich habe gegen meinen Vater ausgesagt und sie haben deine Stellungnahme aufgenommen. Jetzt wollen sie mit meiner Mutter sprechen, aber ich habe eine Nummer bekommen, die wir sofort wählen sollen, falls mein Vater auftaucht.«

Ich nickte und hasste die Tatsache, dass ich heute hatte arbeiten müssen und deshalb nicht mit Carlie auf dem Revier gewesen war. Meine Freundin reichte mir einen handgeschriebenen Zettel mit ein paar Zahlen über den Tisch und ich speicherte sie in mein Handy ein.

Noch immer war es Carlie fast schon ins Gesicht geschrieben, wie viel Angst sie vor ihrem Vater hatte, doch ich wünschte ihr, dass sie ihre Sachen zurückbekommen konnte. Bisher hatten wir uns nicht wieder zu dem Haus getraut, in dem Carlie aufgewachsen war, und hofften, dass wir einen Beamten bitten könnten, ihre Sachen zu holen. Doch abgesehen davon, waren wir so glücklich wie nie zuvor.

Wir besuchten zusammen den Friedhof, fingen einander auf, wenn wir in Tränen ausbrachen, und versprachen, immer die Wahrheit zu sagen. Immer über alles zu sprechen.

Um Carlie von ihrem Vater abzulenken, sprach ich über eine kleine Katze, die ich heute im Tierheim versorgt hatte und wie Beth sich in den Neuzugang verliebt hatte. Carlies Augen strahlten bei der Erwähnung des Katzenbabys und ich machte mir eine mentale

Notiz, bei dem Einzug in unsere erste gemeinsame Wohnung ein kleines Kitten als Einzugsgeschenk aus dem Tierheim zu adoptieren.

Wir lächelten uns über den Tisch zu und als ich mir den letzten Bissen des Pancakes in den Mund schob, grinste Carlie mich an.

»Was ist?«, fragte ich neckisch und auch wenn nicht all unsere Probleme gelöst waren, fühlte es sich an, als wären wir Batman und Robin. Unzertrennlich und unschlagbar.

Meine Schwester hatte ich seit dem Anruf vom Friedhof aus nicht mehr gesprochen. Ich wollte sie nicht wiedersehen. Sie hatte uns zu sehr verletzt; sollte sie doch bleiben, wo der Pfeffer wächst. Meine Mutter – das wusste ich – würde sich wünschen, dass wir uns wieder vertrugen, doch im Moment konnte ich es nicht. Vielleicht irgendwann.

»Ich bin so glücklich mit dir«, murmelte Carlie als Antwort auf meine Frage und ich wusste, dass meine Augen vor Freude glühten. Die letzte Zeit hatte sich fast angefühlt, als wären wir auf unserer kleinen Insel der Liebe, die sich gegen alles stellen konnte; ihr würde nie ein Haar gekrümmt.

Mir war es sogar egal, dass ich mir meiner Sexualität noch immer nicht sicher war. Ich liebte Carlie. Ich liebte einen Menschen – Ende der Geschichte.

Meine Freundin lief um den Tisch herum und beugte sich sanft zu mir herunter. Sie presste ihre Lippen auf meine und ich küsste sie gierig zurück. Ohne Vorwarnung legte sie ihre Arme um mich und hob mich nach oben, wie sie es schon einmal zu Beginn unserer Beziehung getan hatte. Ich kreischte spielerisch auf und presste meinen Körper so dicht an ihren, wie ich nur konnte. Vorsichtig trug sie mich in unser Zimmer und legte mich dann ganz sanft auf dem Bett ab.

Die Kette, die sie mir geschenkt hatte, baumelte um meinen Hals, während Carlie begann, meinen Körper mit Küssen zu bedecken. Ich lachte und verlor mich in ihren Berührungen, die so guttaten, dass ich hätte schreien können vor Glück.

Carlie war schon eingeschlafen und ihr Kopf lag auf meiner nackten Schulter. Ihr Atem ging ruhig und es war fast schon hypnotisch, wie tief sie atmete. Nur ich konnte nicht schlafen.

Es war nicht die böse Art von Schlaflosigkeit, die nervte und einen um jede Stunde Erholung brachte, nein. Es war fast, als wäre mein Körper schlicht zufrieden.

Ohne groß darüber nachdenken zu müssen, griff ich nach dem roten Büchlein, das Carlie mir wieder zurückgegeben hatte und schrieb die Zeilen, die mir schon lange auf der Seele brannten.

Wie sollte ich meiner toten Mutter erklären, wie ich mich fühlte?

Ich hatte mich so lange wie eine Verräterin gefühlt, die ihre Mutter verriet, weil sie sich auch bei jemand anderem wohlfühlte. Doch ich wusste, dass das genau das Gegenteil der Liebe war.

Meine Mutter wäre glücklich, dass ich

glücklich war.

Dass ich einen Menschen gefunden hatte, der mich glücklich machte.

Vorsichtig und so, dass ich Carlie nicht weckte, setzte ich meinen Kugelschreiber auf eine leere Seite und schrieb:

15. Mai 2019

Liebe Mama,

vor einem halben Jahr habe ich ein Buch gelesen, in dem stand, dass die Liebe alles besiegt. Dass die Liebe erreichen kann, was sonst im Verborgenen bleibt und dass sie eine neue Welt erschafft, die zuvor im Dunkeln lag. Noch vor einem Jahr habe ich es nicht geglaubt und die Worte abgetan. Worte, die Menschen berühren sollen, aber keine Wahrheit in sich tragen.

Doch ich lag falsch.

Ich würde gern der Autorin schreiben und sagen, dass sie nicht ganz richtig liegt. Dass mit der Liebe nicht nur eine neue Welt kommt, sondern auch Galaxien verschwinden.

Galaxien des Schmerzes und der Pein. Galaxien, die zuvor den Weltraum beherrschten. Es bleibt nur dieses eine Gefühl, das den Menschen nie verlässt. Das Gefühl, geliebt zu werden. Geliebt und verstanden zu werden in einer Welt, die eigentlich keine Liebe zu geben hat. Eine Welt, die sich trotz allem weiterdreht, denn es geht nicht darum, zu überleben. Es geht darum, zu leben.

Alles Liebe,

Alice.

Ich war glücklich mit den Worten und legte das Büchlein beiseite. Die Zeilen sprachen die Wahrheit und sie waren das, was unsere Zukunft am besten beschrieb.

Zufrieden legte ich den Kopf auf dem meiner Freundin ab und zog sie nahe an mich. Die Frau, mit der ich meine Welt teilen wollte. Die Frau, die mir gezeigt hatte, was es bedeutete, zu leben und nicht zu überleben.

Danksagung

»Never be ashamed of what you feel. You have the right to feel any emotion that you want, and to do what makes you happy.«
- Demi Lovato

Danksagungen zu formulieren ist ein so wundervoller Teil des Schreibens, dass ich auch bei diesem Buch wieder lächeln muss.

Ich habe so vielen Menschen zu danken, dass ich Seiten füllen könnte. Danke an Euch alle!

Einen besonderen Dank an ...

... meine Mama. Meine Stütze und mein Halt. Ich hab dich so lieb.

... meinen Vater und meine Oma für die tolle Unterstützung.

... Erik, der mich zur glücklichsten Frau macht und der mein Herz täglich höher schlagen lässt. Ich liebe dich.

... Sandra. Du bist einfach unglaublich und ich kann dir nur jeden Tag danken, dass du immer für mich da bist. Du bist eine Inspiration und eine der stärksten Frauen, die ich kenne. Ich knuddle dich!

... all diese wundervollen Menschen:

Susi, Vanessa, Melanie, Florian, Marlene, Martina, Anna, Andrew, Valerie, Liara, Meli, Adrian, Michele, Michaela, Myriam, Kerstin, Suse, Melike, Nina, Yvie, Anne, Thomas, Alexandra, Carmen, Daniela, Isabell, Beatrice, Nadine, Rebecca, Andrea, Nici und so viele mehr. Ihr bereichert mein Leben – vielen Dank für Eure Unterstützung und alles, was ihr gebt!

... an die Menschen, die mich akzeptieren, wie ich bin. Ihr seid die wahren Schätze dieser Welt. Denn es ist egal, wen wir lieben. Es ist egal, was für Krankheiten wir haben oder woher wir kommen. Wir sind Menschen und nur die Liebe macht uns zu denjenigen, die wir sind. #loveislove

Alles Liebe und wir lesen uns in Band 2,

Kristin

Über die Autorin

Kristin Schöllkopf wurde 1997 geboren und lebt seitdem mit vielen Büchern im Süden Deutschlands. 2018 erschien ihr erstes Werk im Rabenwald Verlag, in dem sie bis heute publiziert.

»*Die Kunst zu (über)leben*« ist ihr zweiter Roman außerhalb des Thriller-Bereichs und der erste Band einer Reihe. Die Studentin freut sich immer über Nachrichten von ihren Lesern, und ist auf allen gängigen Social Media – Plattformen zu finden.

Weitere Informationen und Kontaktmöglichkeiten unter:
www.facebook.com/KristinSchoellkopf

Bisher veröffentlichte Bücher:

GER(a)ECHT

Nicht (un)schuldig

(Rache)Engel

ich bin (nicht) ich

Initium

Die Kunst zu (über)leben

Songliste

Voices in My Head – Ashley Tisdale
My God is Dead – Beyond The Black
Biblical – Biffy Clyro
Mean to Me – Brett Eldredge
Toxins – Carlie Hanson
Cool for the Summer – Demi Lovato
Sorry Not Sorry – Demi Lovato
Bad at Love – Halsey
OK – Mabel
Younger – Olly Murs
SAY10 – Marilyn Manson
Weißt du noch Herz – Sarah Connor
Lose You to Love Me – Selena Gomez
You Need to Calm Down – Taylor Swift
All I Need – Within Temptation
In Vain – Within Temptation
11 Minutes – YUNGBLUD & Halsey
Lithium – Evanescence
Ocean – Lady Antebellum
Beautiful Ghosts – Taylor Swift